Martin S

Jetzt noch nicht, aber

au

MARTIN SIMONS

JETZT NOCH NICHT, ABER IRGENDWANN SCHON

ROMAN

aufbau

MIX
Papier aus verantwortungsvollen Quellen
FSC® C083411
FSC
www.fsc.org

ISBN 978-3-351-03788-8

Aufbau ist eine Marke der Aufbau Verlag GmbH & Co. KG

1. Auflage 2019

Lektorat Claudia Jürgens, Berlin
Einbandgestaltung zero-media.net, München
Satz LVD GmbH, Berlin
Druck und Binden CPI books GmbH, Leck, Germany
Printed in Germany

www.aufbau-verlag.de

Für Teresa

Diese Aufzeichnungen beruhen auf tatsächlichen Ereignissen – und auf einer doppelten Übersetzung: von Erfahrung zu Erinnerung und von Erinnerung zum Schreiben.

1| Es gibt ein Bild, das mir mit vier oder fünf Jahren zum ersten Mal in den Sinn kam. Ich hatte gerade eine Ahnung entwickelt, was es heißt, von Vater und Mutter abzustammen, und versuchte mir auszumalen, was wäre, hätten mich andere Eltern gezeugt, eine andere Frau geboren. Wäre ich dann noch ich oder ein anderer? Die Erinnerung an das Bild steht mir bis heute so klar vor Augen wie ein kurzer Film. Ich sehe mein ungeborenes Ich als eine schwach leuchtende Kugel, die sich langsam der Erde nähert. Dann ändert sich die Perspektive, und ich tauche unterhalb der hellen Welt in den dunklen Tiefen eines überfrorenen Wassers. Es ist dort weder kalt noch nass. Unzählige Schatten wimmeln über mir. Als ich mich der Oberfläche nähere, erweist sich das vermeintliche Eis als eine Art Membran, ich gelange hindurch – zu meinen Eltern. Nach der Logik dieser Bilder haben meine Eltern mich nicht hervorgebracht, sondern bloß bei sich aufgenommen. Mich gab es schon vorher.

Es liegt nahe, dies als die von Comicheften beeinflusste Fantasie eines kleinen Jungen abzutun. Ist nicht

Kal-El von Krypton in einem kugelähnlichen Raumschiff zur Erde und in die Obhut seiner irdischen Familie gelangt, um später Superman zu werden? Gleichwohl wurde dieses Bild von der schwach leuchtenden Kugel auf dem Weg zur Erde mein persönlicher Gründungsmythos, dem ich vermutlich einige innere Unabhängigkeit verdanke. Mit den Jahren und spätestens seit ich Vater wurde, habe ich allerdings überhaupt nicht mehr daran gedacht – bis ich einen Freund zum Mittagessen traf.

Er ist Regisseur, steckte in der Vorbereitung seines neuen Films und berichtete von seinen Selbstversenkungen mithilfe der Transzendentalen Meditation, von denen er sich einen Kreativitätsschub erhoffte. Neue Ideen erwähnte mein Freund dann bei einer Flasche Wein zwar nicht, aber Zustände, in denen er sich von außen als eine Art schwach glimmenden Kometen sehen konnte, der in einem *Raum ohne Ausdehnung* seine Bahnen zog. Das erinnerte mich an mein lang verblasstes Kindheitsbild, und ich bat meinen Freund, mir die Grundzüge der Meditation zu erklären.

Die Transzendentale Meditation läuft im Wesentlichen darauf hinaus, die eigenen Gedanken zum Schweigen zu bringen, um bei Bewusstsein ins Unbewusste einzutauchen. Vier Monate lang setzte ich mich morgens und nachmittags auf einen Stuhl, schloss für zwanzig Minuten die Augen, wartete auf den ersten Gedanken und ersetzte ihn (und jeden weiteren) durch das innerliche Hersagen eines Mantras, das ich auf einer einschlägigen Webseite gefunden hatte. Dabei erfuhr ich, Gedanken sind überhaupt nicht schwerelos und flüchtig, sondern im Gegenteil gleichsam hart und stofflich. Sie kamen mir wie Felsbrocken vor, die ich mit dem Vorschlaghammer des stetig wiederholten Mantras zertrümmern musste. Die wenigen Male, die es mir gelang, erlebte ich, was Esoteriker wohl das Meditative Schweben nennen. Sobald mein letzter Gedanke zu feinem Staub zerbröselte und kein anderer an seine Stelle trat, war es, als fiele ich hinterrücks durch eine durchlässige Wand in einen dem Weltall ähnlichen Raum, in dem keine Grenzen existierten, schon gar nicht meine eigenen. Für Sekunden strömte ich in ozeanischen Gefühlen. Mein Herz schlug hoch, und vielleicht deshalb hatte ich manchmal den halb bewussten Verdacht, mein rauschgleicher Zustand könnte auch bloß mit dem Anstieg meines Blutdrucks zu erklären sein.

Auch am Nachmittag des 19. Dezember 2017 schloss ich die Augen und versuchte, die durchlässige Wand in meinem Innern zu durchdringen. Doch ich war unkonzentriert, in Gedanken noch bei einem Text, zu dem mir ein Einfall kam, den ich keinesfalls vergessen wollte. Ich brach die Übung ab und klappte meinen Laptop auf. In nur drei Sätzen vertippte ich mich viele Dutzend Mal. Beim Versuch, die Fehler zu korrigieren, machte ich es nur schlimmer. Ich war irritiert, vermutete Erschöpfung und hoffte, etwas frische Luft würde mir guttun.

Auf dem Weg zum Park betrat ich einen Spätkauf, um mir, obwohl ich nicht mehr rauchte, Zigaretten zu kaufen. Ein Freund feierte am Abend in einer Bar Geburtstag und ich freute mich darauf, endlich einmal wieder nachts um drei an einem Tresen zu lehnen und ein weiteres Glas zu bestellen. Seit der Geburt unseres Sohnes ging ich kaum noch aus. Als ich das Päckchen bezahlen wollte, fielen mir die Münzen aus der Hand. Ich wollte sie aufsammeln, hatte aber Probleme, sie mit den Fingern zu greifen. Ich spürte die Blicke der Verkäuferin. Ambulanzen mit brüllenden Sirenen rauschten vorbei. Ich fühlte mich so hilflos wie noch nie in meinem Leben als Erwachsener. Selbst in meinen betrunkensten Momenten hatte ich mehr Kontrolle über meinen Körper gehabt. Der Schreck darüber war wie ein harter Anstoß und gab mir für den Augenblick genug Kraft, die Münzen mit links in das dafür vorgesehene Schälchen zu bugsieren. Ich verzichtete auf Wechselgeld.

Auf der Straße hoffte ich noch einen Moment lang, mein seltsames Unwohlsein würde einfach vorübergehen. Doch ich bemerkte in mir eine Unruhe, die anders war als alles, was ich je empfunden hatte, totaler, bedrohlicher. Ich wusste sogleich, ich würde die dringend benötigten Windeln nicht mehr besorgen. Dabei war ich nur Schritte von der Drogerie entfernt.

2| Als Fürst Andrej im Schlachtgetümmel von Austerlitz plötzlich die Beine einknicken, wendet sich sein Blick buchstäblich von allem irdischen Gezerre ab und dem unermesslich hohen Himmel zu. Er fragt sich, wie es nur zugehen konnte, dass er ihn bislang immer übersehen hat. An der Schwelle zum Tod ist Tolstois Held glücklich, diesen Himmel doch noch kennenzulernen.

An diese Szene aus *Krieg und Frieden* musste ich denken, als ich, umgeben von Junkies und Prostituierten, in den Abgasen einer der meistbefahrenen Straßen Deutschlands stand und wusste, etwas war mit mir nicht in Ordnung. Auch meine Beine konnten jeden Moment wegknicken, und worüber wäre ich dann in meinen letzten Augenblicken glücklich? Darüber, in den grauen, niedrigen, versmogten Himmel über Berlin starren zu können, während Passanten, die mich in dieser Gegend für ein Drogenopfer halten mussten, achtlos an mir vorbeiliefen? Die Vorstellung schien alles zusammenzufassen, was in meinem Leben falsch war. Vorsichtig, als bewegte ich mich auf ungeheuer dünnem Eis, machte ich mich auf den Heimweg.

Ich habe heute nur eine vage Erinnerung daran, wie ich zurück in unsere Wohnung kam. Ich weiß von Teresa, meiner Frau, wie fahrig und verwirrt ich auf sie wirkte, unfähig, zu sagen, was mit mir los war, nur dass etwas mit mir los war, konnte sie mir sogleich ansehen. Sie drängte mich, einen Arzt aufzusuchen.

Bei meinem Hausarzt erreichte ich bloß das Band, also packte ich vorsorglich – mein linker Arm funktionierte eigentlich wieder normal, nur meinen rechten wagte ich noch nicht zu benutzen – eine Reisetasche und ließ mich im Taxi ins Krankenhaus fahren.

In der Notaufnahme winkte man mich, nachdem ich wirr meine Symptome geschildert hatte, auf der Stelle an den vielen vor mir Wartenden vorbei zu einem Arzt durch, der mich auf einem Bein stehen, seine Hände drücken und das Eindrehen von Glühlampen simulieren ließ. Er runzelte die Stirn, legte mir einen venösen Zugang am Handrücken und ordnete eine sofortige Verlegung per Ambulanz zu den Spezialisten ins Krankenhaus Neukölln an. Ich durfte nicht mal mehr die wenigen Schritte zur Transportbahre gehen. Zwei Sanitäter trugen sie herbei und hievten mich darauf. Sie fuhren mich mit eingeschaltetem Martinshorn. Ich weiß noch, wie übertrieben mir das vorkam.

In Neukölln fertigte man umgehend eine Computertomografie meines Kopfes an. Ich wartete seltsam sorglos auf das Ergebnis, den Wahlspruch eines Freundes im Sinn, nach dem es nichts zu verlieren, nur zu erfahren gibt. Im Grunde fühlte ich in diesem Moment noch immer wie als Kind und hielt mich, obwohl ich es besser wusste, für unsterblich.

Nach einer Weile tauchte eine junge, völlig abgespannte Ärztin auf und erklärte, bei mir sei eine Hirnblutung in einem sensiblen Zentralbereich aufgetreten. Ich nahm das hin, als ginge es mich nichts an. Sie wartete ungeduldig, ob ich etwas sagen würde. Nach einer Weile kam mir eine Frage in den Sinn, aber da war sie schon halb aus der Tür hinaus und rief mir bloß noch zu, ich solle mich von allen Weihnachtsplänen verabschieden.

Wir wollten Weihnachten und Neujahr mit den Schwiegereltern in den Bergen verbringen. Sie hatten ihren Enkel lange nicht gesehen. Unser Auto war bereits gepackt. Es war mir unangenehm, diese Reise zu vereiteln. Davon abgesehen hatte ich keine Vorstellung, was eine Hirnblutung bedeutete.

3| Es ist ernst, wenn man im Krankenhaus in ein Zimmer verlegt wird, das sich beide Geschlechter teilen. In der sogenannten *Stroke Unit* liegen jeweils vier Patientinnen und Patienten in einem Raum. Alle sind sie über Armmanschetten an Blutdruckmessgeräte angeschlossen, die sich – asynchron – im Zwanzig-Minuten-Takt röchelnd aufblähen. Es herrscht nie auch nur fünf Minuten Ruhe.

Dennoch hatte ich vergleichsweise Glück. Man schob mich an einen Fensterplatz mit freiem Blick über das im 19. Jahrhundert angelegte Klinikgelände. Neben mir schlummerte still ein offenbar friedlicher Alter. Die Schwester brachte mir eine Entenhalsflasche als Toilettenersatz, verkabelte mich mit dem Überwachungsmonitor, war nach einigem Drängen sogar bereit, den Stoffvorhang um mich herum zu schließen, und erklärte, ich dürfe mein Bett nun für mindestens 48 Stunden unter keinen Umständen verlassen. Ich war mit allem einverstanden, es gab Schlimmeres, als still zu liegen.

Als Erstes telefonierte ich mit Teresa. Unser noch

keine zwei Jahre alter Sohn war bereits im Bett, ein Babysitter nicht aufzutreiben. Sie würde mich morgen besuchen kommen. Bis dahin hätte ich bestimmt auch einen Arzt gesprochen. Sie schien gefasst. Offenbar wollte sie die Situation nicht unnötig dramatisieren. Dennoch war ich nach unserem Gespräch unsicher, ob ich gekränkt oder beeindruckt war von ihrer Reaktion.

Während ich darüber nachdachte, putzte ich mir über einer Presspappschale die Zähne und roch Zigarettenrauch. Erst glaubte ich, er käme von draußen herein. Aber der Raum lag, zwischen anderen Krankenzimmern, im sechsten Stock. Plötzlich hatte ich Angst, ein eingebildeter Rauchgeruch könnte das Anzeichen für eine neue Blutung in meinem Kopf sein. Roch man nicht kurz vor dem tödlichen Herzinfarkt auch immer etwas, das sonst keiner wahrnahm? Die Schwester kam herein, riss die Vorhänge um mein Bett einfach wieder auf und gab damit den Blick frei auf das gegenüberliegende Bett, in dem ein Araber im Schneidersitz saß und rauchte. Die ältere Dame im Nebenbett staunte ihn ebenso an wie ich auch. Die Schwester erinnerte ihren rauchenden Patienten an seinen erst Stunden zurückliegenden Schlaganfall, und er drückte die Zigarette in einer Tasse aus. Meine Bitte, die Vorhänge doch zu schließen, ignorierte sie und ging hinaus.

Ich wandte mich den Monitoren am Kopfende meines Betts zu, um zu sehen, wie es um meinen Blutdruck stand, aber ich konnte die Graphen mit meinen Vitalfunktionen nicht deuten. Ich nahm mein Notizbuch und versuchte etwas zu notieren. Mir gelang jedoch nur ein Gekrakel, das nicht mal ich selbst morgen noch würde entziffern können.

In meiner Jugend war ich ein guter Tischtennisspieler gewesen. Als ich mir einmal den rechten Arm brach, lernte ich, mit links zu spielen. Natürlich reichte es für keinen Wettkampf. Aber ich hatte eigentlich noch mehr Spaß. Mit links zu schreiben würde mir nicht schwerfallen.

Durch die Stahlrahmen der Panoramafenster wehte ein kalter Luftzug. Der ansonsten ruhige alte Mann im Nebenbett klapperte zwischen blauen Lippen leise mit den Zähnen. Dieser Anblick bedrückte mich mehr als alles sonst. Ich betätigte den Rufknopf.

Der Araber steckte sich eine neue Zigarette an. Man musste seine Unbeugsamkeit bewundern.

Die Schwester schrie ihren nikotinsüchtigen Patienten sogleich an, was der sich aber, zumal von einer Frau, wie ich annehme, nicht gefallen ließ. Er sprang auf, riss sich die Kabel vom Leib, räumte mit einem Tritt seinen Klapptisch ab und polterte, Zigarette im Mundwinkel, zur Tür hinaus. Die Schwester blickte mich an: »Ist das zu fassen? Flüchtling. Wird umsonst behandelt und spielt sich so auf … Braucht er was?«

Sobald ich begriff, wer gemeint war, zeigte ich auf meinen frierenden Bettnachbarn. Die Krankenschwester zuckte mit den Schultern. Im sechsten Stock würde eine Heizung eben nur mäßig funktionieren; außerdem habe sie nur eine Decke pro Bett. Gleichwohl schaffte sie von irgendwoher einen babyblauen Überwurf aus Fleece mit einem aufgestickten Bagger herbei. Als sie den Alten damit zudeckte, machte er einen Laut, den ich wie eine zarte Berührung an meinen Schläfen spürte.

4| Am späten Abend schob der Transport einen weggetretenen Junkie, der wohl einen schweren Schlaganfall erlitten hatte, auf den Platz des verschwundenen Arabers. Die Schwester deutete an, was man von ihm erwarten könne, sobald sein Entzug einsetzte. Perplex, versäumte ich, auf geschlossene Vorhänge zu bestehen, solange die Schwester noch im Raum war. Also kabelte ich mich eigenmächtig ab und ging die wenigen Schritte, um wenigstens ein Stück Stoff zwischen mich und das zu erwartende Elend zu bringen. Ich nahm an, mich würde das nicht umbringen, doch die ausgerechnet in diesem Moment auftauchende junge Ärztin von vorhin sah das anders. Sie herrschte mich an, ob ich noch bei Sinnen sei, meine Blutung befinde sich in einem kritischen Bereich. Ich müsse mir diesen wie einen Ausschalter vorstellen, auf die sich das Blut wie ein Finger gelegt habe, sollte dieser Finger auch nur zucken, wäre es mit mir vorbei.

Sie merkte immerhin selbst, wie unangemessen drastisch sie geworden war und lief rot an. Sie konnte aber das Bild vom Finger aus Blut an meinem Ausschalter nicht mehr aus der Welt schaffen. Immerhin blieb der Vorhang geschlossen.

Ich blickte, nachdem sie gegangen war, in die Dämmerung. Für meine Schreibwohnung, die im Notfall auch Platz für ein Leben mit Kind bot, besaß ich noch einen günstigen Mietvertrag. Eine Recherche im Netz ergab, Teresa, als meine Frau, hatte das Recht, ihn zu übernehmen, falls ich starb. Wenn sie die Familienwohnung kündigte, reichten unsere Ersparnisse auch für eine längere Trauerzeit.

Mit Anfang dreißig war sie jung genug, anschließend ein ganz neues Leben zu beginnen. Ich konnte mir vorstellen, dass sie einen anderen Mann finden würde, der Qualitäten besaß, die mir fehlten. Mein Tod musste ihr Leben nicht ruinieren. Aber was wäre mit meinem Sohn? Würde der frühe Verlust des Vaters ihm einen Knacks zufügen, der ihn zu einer beschädigten Persönlichkeit heranwachsen ließ, vergleichbar mit einem gesprungenen Porzellanteller, der zwar in Gebrauch ist, doch jeden Augenblick zerbrechen kann? Oder war unsere gemeinsame Zeit, auch wenn er an sie keine eigenen Erinnerungen haben würde, bereits genug, um ihn innerlich mit einem lebendigen Vaterbild zu imprägnieren?

Ich dachte an meinen Großvater, der an Krebs gestorben war, als ich so alt war wie mein Sohn heute. Ich habe keine Erinnerungen an ihn. Seine Krankheitsmonate brachte er damit zu, mich im Kinderwagen über Waldwege zu schieben. Seine letzten Worte auf dem Sterbebett, an die sich meine Großmutter und meine Mutter wie an ein Gebot gebunden fühlten, lauteten: »Passt gut auf meinen Martin auf.« Sie begleiteten mich als eine Art Segen durchs Leben. Wohl auch wegen dieser Worte habe ich mich immer gewollt und gemeint gefühlt.

Ich überlegte, meine Frau anzurufen und sie um das Gleiche für unseren Sohn zu bitten, damit auch er sich durch das Wissen, die letzten Gedanken seines Vaters galten ihm, im Leben geborgen fühlen konnte. Aber so ein Anruf müsste sie zutiefst beunruhigen. War mein Zustand wirklich so ernst, um das zu rechtfertigen?

Es gab von meinem Sohn und mir ein Video, fiel mir ein, das uns in der beginnenden Morgenröte auf Kreta zeigt. Ich war mit ihm an den Strand gegangen, damit Teresa noch schlafen könnte; nur war sie aufgewacht und uns unbemerkt gefolgt. Auf dem Video sieht man, wie ich mit dem Kleinen im Schoß auf einem Felsen sitze und mit meiner Wange über seinen Kopf streiche, während er mit seiner Hand meinen Zeigefinger hält. Wir schauen aufs Meer, unsere Umrisse scheinen in diesem frühen Licht, das alles verklärt, wie aufgelöst. Wir sind Farben unter Farben, Formen unter Formen, im stillen Einklang mit der Welt. Mich tröstete die Vorstellung, diese Bilder könnten ihm das Entscheidende vermitteln.

5| Dann wurde der Junkie wach. Obwohl ich durch die Vorhänge nichts sah, machten Geräusche und Gerüche das Geschehen deutlich. Die Schwester eilte mit mehreren Pflegern herbei. Es gab Gezerre und Geschrei, in das bald auch die Frau schräg gegenüber und der Alte neben mir einfielen.

Mitten im größten Tumult passierte etwas. Es war, als ginge in meiner Brust ein Raum auf, und ich bekam einen tieferen Atem. Meine Angst, meine Sorgen, sogar mein latenter Missmut über die unvermeidbaren Zumutungen des Daseins fielen von mir ab. Ich war frei. Das hier, dachte ich, während der Junkie seinen Darm entleerte und sich gleichzeitig übergab, ist die Front der Wirklichkeit. An dieser erfuhr ich eine Wahrheit, die so schlicht wie paradox war. Ich liebte meine Frau, mein Kind, im Großen und Ganzen das Leben selbst. Aber ich schien an nichts davon unbedingt zu hängen. Ich war bereit, mich dem Finger aus Blut an meinem Ausschalter zu fügen – hatte allerdings auch keine Wahl. Ich wusste, was ich schon immer gewusst hatte, nur nicht auf diese einfache, klare, seltsam schöne Weise. Es gab keine Sicherheit, es hatte sie nie gegeben. Es gab nur die Gewissheit, es konnte in jedem Moment vorbei sein – bis es vorbei war. Daran war in meinen Augen nichts empörend. Ich empfand bloß eine angenehm auf der Innenseite meiner Haut prickelnde Verwunderung. Vielleicht würde schon bald das Grauen kommen. Aber für den Moment war ich gelassen. Vor mir lag unkartiertes Gelände, in dem mich ein letztes aufregendes Abenteuer erwartete.

An das große Fenster drängte sich die Nacht. Ich starrte in die Dunkelheit und spürte das Große Geheimnis. Irgendwann schloss ich die Augen und dachte unwillkürlich an meine frühe Kindheit im Haus meiner Großmutter. Es befand sich in einer Zechensiedlung im nördlichen Ruhrgebiet, in der es noch wenige Jahre vor meiner Geburt Wasser nur aus einer Pumpe am Straßenrand, einen Schweinestall neben der Küche und das Plumpsklo im Garten gegeben hatte. Meine ersten Lebensjahre waren von dieser einfachen, heute archaisch anmutenden Zeit geprägt. Ich sah vor meinem inneren Auge wieder die Eisblumen, die im Winter an den Fenstern erblühten, weil es bis Ende der 1970er-Jahre im ganzen Haus nur einen Kohleofen gab. Erinnerte mich an die Obsternte mit langen Stangen, an deren Ende von Eisenzähnen umrandete Beutel hingen. Und an die Bratkartoffeln meiner Urgroßmutter. Sie bereitete sie in einer gusseisernen Pfanne zu, die sie wie einen Diamanten hütete und die seit einem halben Jahrhundert nicht gespült, sondern immer bloß mit etwas Zeitungspapier ausgewischt worden war. Mehr und mehr solcher offenbar unvergänglichen Erinnerungen fluteten meinen Geist.

Medikamente hatten den Junkie ruhiggestellt, die Blutdruckmessgeräte dröhnten, die Schwester schaute im Zehn-Minuten-Takt herein, die Nacht schritt voran. Mir kam in den Sinn, was ich einmal über einen alten korsischen Brauch gelesen hatte. Danach leisteten sich selbst die Ärmsten auf Korsika in der Agonie mindestens drei Klagefrauen, die ihnen mit ihren Fragen dabei halfen, den Todeskampf hinzuziehen, damit sie nicht einfach wie ein Hund verreckten, sondern Zeit hatten, sich alle wichtigen Erinnerungen, glückliche und traurige, zurück in die Seele zu rufen und gemeinsam mit den Klagefrauen über sie zu lachen und zu weinen. Auch ich badete über Stunden innerlich in aus dem Unbewussten aufsteigenden Bildern, die mir fern, lebendig und geheimnisvoll erschienen, dachte an den Dichter René Char, der geschrieben hatte, Leben heiße, eine Erinnerung zu vollenden, und schlief schließlich in der von mir nie für möglich gehaltenen Gewissheit ein: Diese Bilder werden bleiben, selbst wenn ich heute Nacht sterbe, weil sie außerhalb von meinem Körper sind.

6| Vor einigen Tagen saß ich bei meiner Friseurin und erwähnte beiläufig, warum ich den Termin vor Weihnachten hatte ausfallen lassen. Normalerweise rede ich mit ihr, die abends in Clubs auflegt und für die Musik auf unserer Hochzeit gesorgt hatte, über neue Bands oder den Klatsch in der Nachbarschaft.

Sie schaute mich, unvermittelt ernst, mit großen Augen an: »Sag mal, meditierst du?«

Die Frage traf mich: »Ja, als es passierte. Warum fragst du?«

»Ich weiß nicht. Aber plötzlich – ich wusste es!«

Wir waren beide verstört.

Ich meditiere nicht mehr. Dabei ist es aus medizinischer Sicht abwegig, einen Zusammenhang zwischen Meditation und Blutung anzunehmen. Eine rein mentale Kraft kann keine Ader platzen lassen. In unserem Weltbild hat der Geist nicht diese Macht.

Die Frage ist, wie zutreffend unser Weltbild ist. Obwohl die Naturwissenschaften uns gute Gründe für die Annahme liefern, unsere Psyche basiere auf der Physik und Chemie eines Gehirns, nicht auf etwas Immateriellem oder Transzendentem, hege ich schon seit jungen Jahren den – zugegeben – bloß durch meine Intuition untermauerten Verdacht, es verhalte sich tatsächlich umgekehrt und Physik und Chemie leiteten sich aus etwas Mentalem ab. Diese tief in mir wurzelnde Annahme hatte ausgerechnet neue Nahrung erhalten, kurz bevor die Ader in meinem Kopf während der Meditation aufging. Ein Artikel im Wissenschaftsteil der *Frankfurter Allgemeinen* berichtete von Stimmen ernsthafter Physiker, die nahelegen, unser Bewusstsein sei – entgegen dem üblichen Verständnis, wonach das Gehirn die Hardware ist, auf der die Software des Bewusstseins läuft – tatsächlich die Hardware, auf der die Software laufe, die von der Physik beschrieben werde. Man könne sich die physikalische Welt als eine Struktur bewusster Erfahrungen vorstellen. Der tiefste Grund der Wirklichkeit sei geistig, nicht materiell. Falls das – was ich hier natürlich nur vereinfacht wiedergebe – zutraf, konnten Meditationen sehr wohl Hirnblutungen verursachen.

Der Religionsphilosoph und Mitbegründer der Freien Universität Berlin Klaus Heinrich bezeichnet es als das große Versäumnis unserer Epoche, dass es Wahrnehmungsformen zwischen und von Menschen gebe, die unsere naturwissenschaftliche Aufklärung als parapsychologisch diffamiere, obwohl es einfach von der Wissenschaft noch unausgeleuchtete und nur darum dunkle Pfade seien.

Esoterisches Geraune ist mir suspekt. Doch kommt mir heute, fünf Monate nach meiner Entlassung, die Zeit im Krankenhaus wie das Wandeln auf einem solch dunklen Pfad vor.

7| Zum Frühstück bekam ich statt Kaffee Früchtetee serviert. Mein Blutdruck sollte niedrig bleiben. Mit dem ersten Schluck rollte eine Lawine aus Erinnerungen über mich hinweg – an Krankentage in der Kindheit, Schulausflüge, an ein Ferienlager in den Schweizer Bergen. Eine Erkenntnis erschreckte mich: Im Körper war so viel mehr bewahrt, als ich hatte wahrhaben wollen. Ein Geruch, ein Geschmack konnten ganze Erfahrungswelten zurück in den Geist bringen – das war spätestens seit Prousts Madeleine-Erlebnis ein Gemeinplatz. In meinem Leib waren die frühsten, nie bewusst gewordenen Erfahrungen gespeichert, der erste Kuss meiner Mutter, das Aufhorchen bei der Stimme meines Vaters, die noch ungeheuerliche Empfindung von Wind auf der Haut. Sie waren eingegangen in die Verbindungen meiner Nerven, die Spannung meiner Muskeln, in die Struktur meines Gehirns. In der vergangenen Nacht hatte ich mich in Bildern geborgen gefühlt, die – vermutlich – aus meinem Unbewussten aufgestiegen waren. Ich hatte angefangen zu glauben, dieses Unbewusste sei meine Seele. Aber was, wenn das Unbewusste nicht meine womöglich unvergängliche Seele, sondern ganz einfach mein vergänglicher Körper war? Der Tod erschien mir plötzlich wieder sehr endgültig.

Solche Gedanken beschäftigten mich, als der Oberarzt mit Gefolge an mein Bett trat. Er war ein mir sogleich sympathischer Mann mit einem attraktiv wirkenden Überbiss und ansteckender Fröhlichkeit. Er kam ohne Umschweife auf den Punkt. Ich hätte Glück, die Nacht überstanden zu haben. In den ersten zwölf Stunden nach einer Blutung liege die Wahrscheinlichkeit ihrer Wiederkehr bei über fünfzig Prozent. Bei einer lecken Ader an dieser Stelle im Kopf sei dann ein letaler Ausgang höchstwahrscheinlich. Ich hätte die erste Blutung nur überlebt, weil sie schwach geblieben war. Der Oberarzt nannte mich mit Blick auf mein Geburtsdatum ein wahres Sonntagskind. Er schien in Bezug auf Zahlen hochbegabt. Dann wurde er ernst. Die kommenden sieben Tage seien entscheidend. Mit jeder Stunde sinke die Wahrscheinlichkeit, dass sich die Blutung wiederholte. Nach einer Woche wäre ich nicht mehr in akuter Gefahr. Bis dahin würden sie Ursachenforschung betreiben. Naheliegende Gründe wie ein Schlag auf den Kopf oder ein ungesunder Lebensstil kämen bei dem bei mir betroffenen zentralen Hirnbereich nicht als Ursache infrage. Darum vermutete der Oberarzt als Grund eine sogenannte Raumforderung.

»Wenn die Stelle so zentral ist, wäre ein Tumor doch eher ungünstig?«

Er sah mich aus blitzenden Augen an: »Ja.«

Ich nickte. Nicht selten hatte ich früher, als ich noch rauchte, nachts um drei Uhr auf zerwühlten Laken wach gelegen und Angst vor Lungenkrebs gehabt. Aber nun fühlte ich gar nichts.

Die zweite Möglichkeit sei ein Aneurysma, eine krankhafte Erweiterung eines Blutgefäßes. Die dritte ein Angiom, eine entwicklungsbedingte Gefäßfehlbildung. In beiden Fällen müsste ich operiert werden, was zu sicher temporären, vielleicht aber auch dauerhaften Einschränkungen meiner Bewegungssteuerung führen würde, die im schlechtesten Fall einer weitgehenden körperlichen Lähmung gleichkämen. Die letzte Möglichkeit bestehe darin, keinen medizinischen Grund für meine Blutung zu finden. Sie bliebe ein spontanes, nicht zu erklärendes Ereignis. Unter den gegebenen Umständen sei das der denkbar beste Ausgang.

Ich erwähnte, meditiert zu haben, als es zur Blutung gekommen war. Der Oberarzt betrachtete mich aus leeren Augen und wandte sich dem Monitor über meinem Bett zu: »Auf jeden Fall verfügen Sie über eine lebhafte Einbildungskraft. Ihr Blutdruck ist während unseres Gesprächs auf 180 gestiegen. Das Wichtigste ist, Ruhe zu bewahren. Wir wissen im Moment noch nicht, was los ist, aber hoher Blutdruck ist auf jeden Fall gefährlich.«

Er schüttelte lächelnd meine Hand. Kurz darauf erschien der Transport, um mich im Bett zur Magnetresonanztomografie zu bringen, wo ich erfahren würde, ob ein Tumor in meinem Kopf Raum forderte.

Das Geschobenwerden im Bett ähnelte einer Kamerafahrt aus ungewohnter Perspektive. Ich war ganz davon eingenommen. Als wir die große Halle mit ihrer hohen Dachkonstruktion aus Glas durchquerten, erinnerte mich das an eine Taxifahrt durch das nächtliche Manhattan, bei der ich, nach einem im Rahmen meiner Erfahrung glamourösen Dinner, angetrunken auf den Streifen Himmel zwischen den Wolkenkratzerschluchten gestarrt und das Gefühl gehabt hatte, hier und jetzt ganz da zu sein.

Im Vorraum zum MRT wurde ich direkt neben dem Bett eines jungen Mannes abgestellt, der sogleich aufgeregt auf mich einredete. Er sei vor zwei Tagen, unmittelbar nach der letzten Klausur im Zweiten Juristischen Staatsexamen, in Ohnmacht gefallen. Nach einigen ergebnislosen Untersuchungen habe man ihn ins MRT gebracht und dort einen nicht operablen Hirntumor festgestellt.

Er wartete hier im Vorraum auf einen Rücktransport ins Stationszimmer und konnte selbst nicht länger als einige Minuten von der Diagnose wissen. Mehr noch als die Aussicht zu sterben schien ihn zu beschäftigen, sich viele entbehrungsreiche Jahre auf eine Prüfung vorbereitet zu haben, über deren Ausgang er nun nichts erfahren würde. Die Korrektur der Klausuren dauere drei Monate, länger, als er noch zu leben habe. Er redete immer weiter, es war offenbar seine Art, geschockt zu sein.

Ich hörte schweigend zu und hatte das Gefühl, das Leben endlich zu erfahren, wie es wirklich war, unsicher, brutal, abgründig. Ich musste mich zusammenreißen, nicht laut aufzulachen. Ich befand mich am Rand. Auch mir stand mit großer Wahrscheinlichkeit ein Schock bevor.

Ein Pfleger kam und fragte: »Wer will noch mal, wer hat noch nicht?«

Ich zeigte zaghaft auf. Der Pfleger gab dem Bettgestell einen Klaps und schob mich gut gelaunt in den Untersuchungsraum.

8| *In schwierigen Zeiten, hatte man mir seit der Kindheit beigebracht, soll man lesen, lernen, es durcharbeiten, Literatur befragen. Information heißt Kontrolle.*

So umschreibt Joan Didion in *Das Jahr magischen Denkens* ihre Strategie, mit dem plötzlichen Herztod ihres Mannes kurz vor dem vierzigjährigen Hochzeitstag und mit dem gleichzeitigen Überlebenskampf ihrer einzigen Tochter auf der Intensivstation nach einer sich dramatisch verkomplizierenden Grippe umzugehen.

Ich informierte mich nicht, googelte nicht und bat Teresa, als wir telefonierten, es besser ebenfalls zu lassen. Ich wollte nicht die tristen Geschichten über Hirnblutungen von ahnungslosen Laien lesen und nicht die fragwürdigen Einschätzungen der Netzdoktoren wissen. Ich wollte überhaupt nichts über Hirnblutungen wissen, nicht das, was dazu bei Wikipedia stand, und auch nicht das, was die Ärzte hier dazu zu sagen hatten. Ich wusste, es würde keine weitere Hirnblutung verhindern, wenn ich mich über Hirnblutungen informierte. Es würde keinen Tumor, kein Aneurysma, kein Angiom verschwinden lassen, wenn ich darüber las.

Joan Didion war unablässig umtriebig, las medizinische Fachbücher, nutzte die Macht ihrer Kontakte und Telefonnummern, um sich abzulenken. Sie wollte den Tod ihres Mannes, die lebensgefährliche Lage ihrer Tochter nicht wahrhaben, weil sie fürchtete, von ihren Gefühlen überwältigt zu werden und die Kontrolle über sich zu verlieren.

Steckte ich – auf andere Weise – ebenfalls aus Angst vor Kontrollverlust den Kopf in den Sand?

Ich war vom Gegenteil überzeugt. Bislang hatte ich kaum eigene Erfahrungen mit Alter, Krankheit oder Tod gemacht. Diese Schonzeit war vorbei. Nun würde ich der Realität fest ins Auge sehen und herausfinden, aus welchem Holz ich wirklich war.

9| Nahm man die ersten achtzehn Stunden seit meiner Diagnose zum Maßstab, blieb ich auch in Todesgefahr gefasst. Die meiste Zeit über lag ich still im Bett, völlig in das Geheimnis versunken, mich am Leben zu finden. Allein während des Gesprächs mit dem Oberarzt war mein Blutdruck gefährlich gestiegen. Die Vorstellung einer Bewährungsprobe, vor der ich stand, mochte überspannt sein, aber sie schonte offenbar meine Adern.

Als der gut gelaunte Pfleger mich jedoch in den Untersuchungsraum schob, wo ich die sargähnliche Röhre des MRT erblickte und mich ein überraschend lautes, im Technorhythmus stampfendes metallisches Klopfen empfing, stieg mein Blutdruck sogleich merklich. Für einen Moment fiel mir das Atmen schwer, mein Herzschlag flatterte wie ein gefangener Vogel in meinem Brustkorb, und das Wort *Krebs* schwebte in großen grauen Buchstaben vor meinem inneren Auge.

Trotzdem kam ich kurz darauf allen Anweisungen des untersuchenden Arztes nach, krabbelte von meinem Bett auf die Pritsche, setzte mir den Schallschutzkopfhörer auf, legte meinen Kopf in eine Vorrichtung, nahm den Panikschalter in Empfang und ließ mich widerstandslos in die enge, wummernde Röhre fahren. Dort lag ich still, hörte, trotz des Schallschutzes, die Magneten lärmen und spürte, wie sich meine Gesichtszüge zu einem Lächeln entspannten, das aber, denke ich heute, überhaupt kein Lächeln war.

Ich machte gleichsam einen Schritt in mich zurück und erinnerte mich unwillkürlich an ein Ferienlager in den Tessiner Bergen. Dort wurde ich als Dreizehnjähriger über drei Wochen zum gequälten Außenseiter. Inzwischen habe ich die meisten Angriffe und Schikanen vergessen oder verdrängt, denen ich damals ausgesetzt gewesen war. Hatte mir wirklich jemand ins Bett gepinkelt, schwamm meine Zahnbürste tatsächlich in der Kloschüssel, bildete ich mir nicht bloß ein, in den Duschraum voller Mädchen geschubst worden zu sein, damit ich als Spanner dastünde?

Sicher weiß ich, meine Mutter erschrak bei meiner Rückkehr. Ich war abgemagert und mein Körper von blauen Flecken übersät.

Dennoch gilt meine bleibende Erinnerung an diese Zeit nicht den erlittenen Demütigungen, sondern dem Moment, als ich abseits von allen anderen auf einem großen Stein saß, in die Ferne stierte und wusste: Im Grunde berührte mich all das hier nicht, es konnte mich nicht verletzen. Ich hatte ja, trotz allem, tiefe Freude empfunden – beim Schwimmen im Fluss, beim Wandern in den Bergen, am Geruch der Pinien im warmen Abendwind. In einigen Tagen waren diese Ferien vorbei. Ich bliebe auch danach ich selbst. Alle anderen mussten weiter sie, die anderen, sein. Ich wollte mit ihnen um nichts in der Welt tauschen.

Auch während der Magnetresonanztomografie wollte ich mit niemandem tauschen. Ich hielt eben jene Stunde der Entscheidung für gekommen, die zu jedem Leben gehört. Ich sagte mir, es ist im Grunde ein Glück, sie bewusst, ohne Schmerzen, im Vollbesitz meiner geistigen Kräfte zu erleben, und genoss das Hochgefühl eines existenziellen Ausgesetztseins.

Allerdings genoss ich es nicht lang. Nach wenigen Minuten schon schliff ein Anflug von Langeweile das scharfkantige Gefühl einer alles entscheidenden Prüfung. Meine Gedanken schweiften ab, und ich überlegte, wo ich die Geschichte von der Frau gelesen hatte, die man für tot hielt und begrub, obwohl sie nur in tiefer Ohnmacht lag, sodass sie zwei Meter unter der Erde wieder zu Bewusstsein kam, wo sie vergeblich versuchte, sich einen Weg zurück in die Welt der Lebenden zu kratzen, was man erst an ihren bis auf die Knochen abgeschabten Fingerspitzen bemerkte, als ihr Grab, für sie zu spät, doch noch einmal geöffnet wurde, weil der Friedhofswärter Geräusche gehört hatte – bei Edgar Allan Poe?

Ich schloss die Hand fest um den Panikschalter und ärgerte mich, ihn nicht vor der Untersuchung ausprobiert zu haben. So musste ich annehmen, ich hielt bloß eine Art Placebo in der Hand, bei dem absolut nichts geschah, wenn ich drückte. Ich schloss die Augen, atmete gleichmäßig und versuchte, mich wieder auf meine innere Widerstandskraft zu konzentrieren, damit ich nicht doch noch in Panik geriet.

Ich weiß nicht, warum es ausgerechnet in diesem Moment geschah. Vielleicht konnte ich mich einfach nicht weiter selbst belügen. Ich gestand mir jedenfalls ein, Dingen auszuweichen, denen ich mich besser stellen sollte. Damit meinte ich nicht die klaustrophobische Enge in der Röhre oder die möglichen Konsequenzen der Untersuchung, sondern etwas Älteres, Tieferliegendes, dem ich seit je ausgewichen war. Ich wusste mit einem Mal, meine psychische Widerstandskraft, auf die ich mir so viel einbildete, hatte einen Preis; ich zahlte ihn nicht allein, Teresa zahlte ihn, mein Sohn zahlte ihn, jeder, der mir näherkam, zahlte ihn. Dieser Panzer, unter den ich so oft flüchtete, war nicht einfach eine Art *Happy Place*, ein Schutzraum der Innerlichkeit. Er war grundlegender, für mich bestimmender. Dieser Panzer, der wesentlich aus Unbewusstem, aber auch aus Gleichgültigkeit und Herzenskälte geschmiedet war, fiel ja nie mehr ganz von mir ab. Er war inzwischen so etwas wie meine zweite Haut. Ich war darunter unberührbar, unerreichbar – für meine Familie, meine Freunde, meine Mitmenschen, für das Leben selbst.

Die Magneten verstummten, und eine angenehme Frauenstimme verkündete über die Kopfhörer, es sei überstanden. Ich begriff nicht sofort, fuhr aber bereits auf der automatisch angetriebenen Pritsche aus der Röhre, sah auf die Wanduhr – seit dem Beginn der Untersuchung war etwas über eine Stunde vergangen –, kletterte perplex zurück auf mein Bett und wurde in einen Nebenraum geschoben, wo mich ein Arzt gleich unterrichten würde, ob auf den Bildern vom Innern meines Kopfes ein Tumor zu sehen war.

10| Ich sah den Arzt, der die Prozedur überwacht hatte, durch eine Trennscheibe in einem kleinen Raum gestikulierend und lachend mit Kollegen stehen. Seine Heiterkeit konnte kaum etwas mit dem Ergebnis des MRT zu tun haben, trotzdem schöpfte ich aus ihr Zuversicht. Würde er so ausgelassen sein, wenn er mir gleich das Todesurteil überbringen müsste?

Eine Frau im grünen Baumwollanzug öffnete die Glastür zum Warteraum und verharrte mit der Klinke in der Hand. Durch die nun offene Tür konnte ich der Unterhaltung im kleinen Raum folgen. Es ging dabei vor allem darum, wie sie als Ärzte, die an den Weihnachtstagen Dienst hatten, an das hausgemachte Buffet im Schwesternzimmer gelangen könnten. Der für mich zuständige Arzt beschrieb seinen Kollegen – es blieb unklar, ob aus eigener Anschauung oder vom Hörensagen – den dort traditionell servierten, von ihm *Tierdepot* genannten Schichtsalat. Darin ließen sich zwischen fingerdicken Schichten einer selbst gemachten Mayonnaise unter einer Decke von Alibigemüse aufgeschnittener Kalbs- und Putenbraten, Thunfisch-

und Hühnerfilets, gebratene Speck- und Rindersteakstreifen sowie gekochte Garnelen finden. Er schwärmte von russischen Eiern, iranischen Fleischbällchen, mit Hackfleisch gefüllten türkischen Teigtaschen, somalischen Krapfen und von einer *perversen* Menge Weihnachtsplätzchen. Das Wort *pervers* schrie er in Erwartung kommender Gaumenfreuden geradezu heraus. Die kleine Ärzteversammlung verstummte und schaute sich schuldbewusst nach mir um.

Ich tat, als bemerkte ich davon nichts, dabei hatte ich mich beim Zuhören ganz wohlgefühlt.

Nach einer Weile löste sich die Gruppe auf, einer nach dem anderen ging an mir vorbei zum Ausgang. Mir schien, sie hielten neben meinem Bett jeweils kurz den Atem an, um nicht plötzlich laut auflachen zu müssen.

Vielleicht kam es mir aber auch nur so vor, weil ich plötzlich eine mir unerklärliche Heiterkeit empfand und dabei an Wittgensteins Behauptung denken musste, der einzige gültige Ausweis für ein gelungenes Leben sei, ob man den eigenen Tod mit einem heiteren *auf geht's* begrüßen könne.

Der junge Arzt, der meine Ergebnisse kennen musste, kam an mein Bett. »Sie haben es gemütlich?«

Er zupfte an meiner Bettdecke. Was hatte sein Zögern zu bedeuten?

»Ich bin dann gleich bei Ihnen.« Er folgte seinen Kollegen aus dem Raum.

Ich konnte das Verhalten dieses Arztes nicht deuten. Seine Ausgelassenheit eben sprach für ein harmloses

Ergebnis der Untersuchung. Sein Ausweichen jetzt legte nahe, er hatte mir etwas sehr Unangenehmes mitzuteilen und schob deshalb den Moment, in dem er mich mit der niederschmetternden Wahrheit konfrontieren musste, so lange wie nur möglich hinaus.

Ich hörte auf das Ticken der Uhr, ein Stahlband schloss sich fest um meinen Brustkorb. Ich versuchte, an etwas ganz Harmloses zu denken, begann mir stattdessen jedoch den Moment meines Sterbens vorzustellen, die letzten Atemzüge, Gefühle und Gedanken, die kreatürliche Panik im geschwächten Körper, von der nichts mehr nach draußen drang, den Beginn des Weggleitens aus der bewussten Welt.

11 | Ich habe an die zwanzig oder dreißig Minuten, in denen ich auf das Wiederauftauchen des Arztes mit den Untersuchungsergebnissen wartete, nur nebulöse Erinnerungen. Ich weiß aber noch, irgendwann wurde mir schlagartig klar, es standen für mich zwei völlig verschiedene Tode in Aussicht. Das plötzliche, schmerz- und bewusstlose Erlöschen mit einem Hirnschlag oder der lange, schmerzreiche Abschied als Krebspatient. Ich glaube, um mich von noch betrüblicheren Gedanken abzulenken, fragte ich mich, welcher mir lieber war.

Ich wusste, die meisten wollen schnell und schmerzlos sterben. Einige wiederum behaupten, ein langsames Sterben an Krebs sei vorzuziehen. Die Schmerzen seien mit Morphium und viel Whisky zu ertragen, und man habe Zeit, seine Angelegenheiten zu regeln und sich von seinen Lieben zu verabschieden.

Ich fürchtete Schmerzen, Vernichtungsängste und die Erniedrigungen durch ein überfordertes Pflegepersonal. Doch nur die Vorstellung von einem schnellen, unbewussten Tod entsetzte mich.

Vielleicht wollte ich mir die Möglichkeit einer letzten großen Erfahrung nicht entgehen lassen.

Vielleicht hatte ich in dem Bilderstrom der letzten Nacht eine Fülle erfahren, die mich nun glauben ließ, ich könnte eine Art von Unsterblichkeit erreichen, indem ich auf der Schwelle zum Tod meine Seele mit unvergänglichen Erinnerungen flutete und sie auf diese Weise davor bewahrte, im letzten Moment von Panik ergriffen und vernichtet zu werden.

Vielleicht wollte ich auch bloß um jeden Preis Zeit gewinnen.

12| Es dauerte lange, bis der junge Arzt mit einem »Hey« zurück an mein Bett trat.

Ich zuckte befremdet zusammen.

»Ich habe gerade noch mal Ihre Aufnahmen dem Chef gezeigt.«

Mein Herzschlag beschleunigte. Es beruhigte mich nicht, zu wissen, wie gefährlich hoher Blutdruck für mich war.

»Einen Moment, es ist leichter, wenn ich es Ihnen zeige.«

Der Arzt schob einen mobilen Bildschirm an mein Bett und wies mit einem Stift auf etwas, das die Aufnahme meines Gehirns sein musste. Er fuhr mit der Spitze seines Kugelschreibers über eine Stelle auf dem Monitor. »Das ist Ihre Blutung.«

Ich sah einen mandelgroßen weißen Fleck.

Er öffnete in einem neuen Fenster eine weitere Abbildung, die Ähnlichkeit mit einem Farbkreis besaß und offenbar den schematischen Querschnitt eines Gehirns zeigte, bei dem kleinste Bereiche farbig voneinander geschieden, beschriftet und so bestimmten geistigen und körperlichen Funktionen zugewiesen waren. An der Stelle, wo meine Blutung aufgetreten war, stand in dem Schema: *Rechter Arm, Finger der rechten Hand.*

»Sie haben Probleme mit dem rechten Arm und den Fingern der rechten Hand, richtig?«

Ich bejahte.

Er nickte zufrieden, starrte weiter auf den Monitor.

Ich wartete eine ganze Weile, bevor ich fragte: »Sehen Sie einen … Tumor?«

Ich war überrascht, wie ruhig meine Stimme klang.

Er schüttelte beinahe bekümmert, wie mir schien, den Kopf.

»Nicht wirklich.«

Er führte den Stift wieder an den Monitor und strich am Rand des weißen Bereichs entlang. »Allerdings gibt es hier eine Eintrübung, die ich nicht ganz deuten kann. Darüber musste ich mich auch mit meinem Chef beraten. Es ist möglich, dass sich unter der Blutung ein Tumor im Anfangsstadium verbirgt.«

Ich blieb stumm.

Er hob die Schultern. »Allerdings ist es wahrscheinlicher, dass uns die Aufnahme nur etwas misslungen ist. Wir haben Sie gleich morgen für die Angiografie angemeldet. Da führt man Ihnen einen Katheter durch die Hüfte bis in die Kopfvenen und spritzt eine Kontrastflüssigkeit. So kann man dann wirklich alles sehen.«

»Im MRT sieht man nicht alles?«

»Nein.«

Ich glaube, er las mir meine nächste Frage im Gesicht ab, denn er beeilte sich zu erklären: »Das MRT ist der schonendere Eingriff. Er hätte auch schon völlige Klarheit bringen können.«

Es schonte mich nicht, bis zum nächsten Tag in Ungewissheit auszuharren. Aber ich wollte mich nicht beklagen. Ein großes Krankenhaus ist wie eine riesige Maschine, die nur funktioniert, solange man Patienten schematisch behandelt und sich nicht mit einer zu eingehenden Einzelfallbetrachtung aufhält.

»Haben Sie noch Fragen?«

Ich fragte, weil es mich wirklich interessierte, ob seiner Meinung nach meine Blutung nicht vielleicht doch mit meiner Meditation zusammenhängen könnte. Ich erklärte ihm, warum ich glaubte, die Ader habe während meiner Selbstversenkung zu bluten angefangen, ohne freilich einen kausalen Zusammenhang zu behaupten.

Er hörte zu, weniger gespannt, als ich es erwartet hatte. Bei erster Gelegenheit bemerkte er: »Schlaganfälle und Hirnblutungen treten öfter, als man meint, eigentlich schon fast typischerweise, in Phasen der Ruhe und Entspannung auf. Der Schlag trifft die Leute meistens auf der Couch. Insofern ist Ihr Fall nicht untypisch.«

Ich war überrascht. »Ich kann also gefahrlos weiter meditieren?«

»Warum nicht?«

Ich bemerkte, dass er mich nicht ansah. »Würden Sie an meiner Stelle weiter meditieren?«

Er blickte noch immer zu Boden. »Wahrscheinlich nicht. Ich bin zwar Arzt, aber ich weiß nicht, was dabei im Hirn passiert.«

13| Kürzlich war ich mit meiner Frau und unserem Kind für einige Tage bei meinen Eltern zu Besuch. An einem Abend grillten wir im Garten. Nach dem Essen brachte ich Geschirr ins Haus, sah meinen Sohn in der Nähe des Grills, hatte kurz den Impuls, ihn zu warnen, sagte mir aber, er sei ja vorsichtig und meine Eltern und Teresa passten sicher auf.

Ich räumte gerade einige Teller in die Spülmaschine, als ich seine Schreie hörte. Mir war sogleich klar, was passiert war. Ich drehte den Wasserhahn auf, stellte eine Schüssel ins Becken, entnahm der Kühltruhe eine Handvoll Eiswürfel und hielt die Schüssel mit Eiswasser Teresa entgegen, als sie mit unserem schluchzenden, vor Schreck und Schmerz am ganzen Körper zitternden Sohn in die Küche kam. Während Teresa ihn beruhigte, fand ich heraus, dass – auf dem Land ein unwahrscheinliches Glück – ausgerechnet die nächstgelegene Apotheke Notdienst hatte. Ich raste auf dem Rad dorthin, kaufte schmerzstillende Zäpfchen, Brandsalbe und steriles Verbandmaterial und kehrte zurück zu unserem noch immer wimmernden, inzwischen auch leicht fiebernden und dazu todmüden Kind. In diesem Zustand war es eine heikle Aufgabe, es auszuziehen, das Zäpfchen zu verabreichen, seine Hand zu verbinden und es möglichst zum Einschlafen zu bringen, damit es die nächsten Stunden, in denen seine verbrannte Hand noch schmerzen würde, einfach verschlief.

Teresa jedenfalls kam mir für diese Herausforderung viel zu aufgeregt vor. Ich schob sie sanft beiseite, ergriff beherzt eine kleine Hand und versuchte sie zu verbinden, während ich die andere Hand meines Sohnes vom Eiswasser fernhielt, in das er sie starrköpfig zu halten versuchte. Er brüllte aus Leibeskräften, aber ich sagte mir, da mussten er und ich nun durch.

Plötzlich drängte sich Teresa zwischen uns. Ich zischte wütend, sie solle mich doch machen lassen. Dann bemerkte ich es auch: Anstelle der verbrannten hatte ich die gesunde Hand meines Sohnes verbunden und gleichzeitig seine verbrannte Hand vom schmerzlindernden Eiswasser ferngehalten.

Ich sah zu, wie Teresa übernahm, ihn auszog, ihm das Zäpfchen gab, seine versehrte Hand ins Eiswasser steckte, ihn in ihre Umarmung bettete und leise in sein Ohr sang. Ich beschränkte mich darauf, da zu sein und vor Aufregung leicht zu zittern.

Ich bewunderte Teresas Ruhe und Bestimmtheit. Dabei hatte ich noch kurz zuvor geglaubt, als Einziger einen klaren Kopf zu haben, genau zu wissen und umsetzen zu können, was zu tun war. Ich hatte mich ruhig und stark gefühlt. Doch tatsächlich hatte ich völlig neben mir gestanden und war in einen blinden Aktionismus verfallen, der mich in mich eingesperrt und die gesunde und verbrannte Hand hatte verwechseln lassen.

Auch im Krankenhaus fühlte ich mich die meiste Zeit ruhig und stark. Ich frage mich, was das über meinen Zustand damals aussagt.

14| Auf dem Rückweg von der Untersuchung schrieb ich noch aus dem rollenden Bett an die bangende Teresa eine SMS: »Kein Tumor, immerhin.«

Ich verschwieg die verbliebene Unsicherheit. Schon am kommenden Tag stand ja die nächste Nervenprobe an.

Teresa war inzwischen auf dem Weg ins Krankenhaus. Natürlich wollte ich sie und meinen Sohn sehen, wäre aber auch einverstanden gewesen, kämen beide nicht. Ich hatte mich tief in meine eigene, betont nüchterne Sicht auf meine Lage eingesponnen. Dadurch war sie erträglich. Aber Teresa hatte selbstverständlich ihre eigene Sicht, ihre eigene Angst. Ich wusste nicht, ob ich die Kraft besaß, mich damit auseinanderzusetzen.

In meinem Zimmer war mein Bettnachbar, der frierende Alte von letzter Nacht, wach. Noch während ich wieder an die Geräte angeschlossen wurde, erkundigte er sich, was ein junger Mann wie ich hier zu suchen hätte. Ich blickte der Schwester nach, die das Zimmer verließ, ohne die Vorhänge zwischen dem Alten und mir zugezogen zu haben. Eine Unterhaltung war unvermeidlich.

Während ich erzählte, sah er mich aus beinahe farblosen Augen an. Ich fühlte mich von seinen Blicken seltsam umfangen. Sobald ich schwieg, sprach er. Seine Worte kamen dabei auf mich zu wie durch einen engen Korridor der Vertraulichkeit. Er war 74 und hatte mit der Volksmarine die Weltmeere bereist. Doch nach der Wende hatte er bis zur Rente als Wurstverkäufer arbeiten müssen. Aus dieser Zeit stammte offenbar auch sein Lebensmotto, mit dem er mich über meine unsichere Situation hinwegzutrösten versuchte: »Das Leben ist wie eine Wurst, die an zwei Enden zusammengebunden ist. Man frisst sich hindurch, ohne das Ende zu sehen. Man sieht und frisst nichts als Wurst. Im Grunde ist es völlig egal, wann man das Ende erreicht. Es gibt nur den Anfang, das Ende, und dazwischen ist Wurst.«

Er lachte. Vermutlich hatte er sein Wurstgleichnis schon oft erzählt.

In mir regte sich dagegen Widerspruch. Denn es unterstellte, die Lebenswurst sei mit einem einheitlichen Fleischbrei gefüllt und es sei deshalb einigermaßen gleichgültig, wie lange man diesen Brei aß, man wusste recht bald, wie er schmeckte, es änderte sich nichts. Mir schien das falsch. Ich wollte mit meiner Frau alt werden und meinen Sohn heranwachsen sehen. Mir war schon deshalb nicht wurst, wie lange ich Wurst aß.

Das Leben, das war kaum zu bestreiten, bestand aus

Phasen, die sich unterschieden – und alle hatten eine eigene Qualität, vielleicht auch einen besonderen Sinn.

Jemand wie C. G. Jung beispielsweise begriff die erste Lebenshälfte, in der man vor allem seinen biologischen und sozialen Bedürfnissen folgt, sich einen Platz in der Welt erobert und darauf im Idealfall mit Familie niederlässt, als These, die zweite Lebenshälfte, in der man sich spirituellen Dimensionen öffnet und lernt, dem Rauschen der Bäche und Bäume zu lauschen, als Antithese und schließlich die fundamentale Gegensätzlichkeit der beiden als Gelegenheit zur Synthese, durch die man als alter Mensch endlich so etwas wie Freiheit, Weite und Zuversicht erfahren und zu einer Person werden kann, die Ruhe, Tiefe und Milde ausstrahlt. Mir schien das – im Groben – bestechend.

Doch behielt ich meine Einwände gegen die Wursttheorie für mich. Ich hatte aus den Gesprächen der Schwestern mitbekommen, dass die verbliebene Familie des Alten aus einem einzigen, nach Kanada ausgewanderten Sohn bestand, der jeden Kontakt zum Vater ablehnte. Der alte Mann war völlig allein. Ich wollte ihn sich nicht noch einsamer fühlen lassen, indem ich ihm widersprach.

Plötzlich hörte ich im Flur ein weiches Stimmchen. Schon im nächsten Moment stand Teresa mit unserem Sohn auf dem Arm im Raum. Beide hatten große Augen, und es war schwer zu sagen, wer von ihnen erschrockener aussah.

15| Nach 24 Stunden fast unausgesetzter Innerlichkeit war ich in Bereiche meines Selbst versunken, aus denen ich so leicht nicht wieder herausfand. Ich war deshalb von der plötzlichen Gegenwart meiner Frau und meines Sohnes, von der ich wollte, dass sie mir alles bedeutete, überfordert.

Aber nicht nur für mich war es schwer. Teresa trat mit einem Lächeln an mein Bett, hinter dem sich ihre Verunsicherung kaum verbarg. Sie reichte mir unseren Sohn, den ich, halb liegend, auf den Arm nahm. Er schmiegte sich sogleich an meine Brust; gleichzeitig machten ihm die seltsamen Kabel, an denen ich hing, die röhrenden Geräte und sicherlich auch der plötzlich wieder schlafende Alte im Nebenbett, der mit seinem offenen gebisslosen Mund einer hungrigen Krähe glich, entsetzliche Angst.

Ich bat Teresa, die Vorhänge zuzuziehen.

Mein Sohn wollte endlich wieder bei mir, seinem Papa, sein, und gleichzeitig drängte es ihn, aus meinem Bett zu fliehen. Er wurde in wenigen Tagen erst zwei, aber er versuchte bereits, sich zusammenzunehmen und nicht zu weinen, doch das überstieg seine Kraft, und über seine Wangen flossen Tränen. Ich reichte ihn zurück an Teresa, an deren Schulter er seinen Kopf verbarg und schluchzte.

Teresa war sichtlich angefasst. Wir redeten wenig. Zum Teil weil sie unseren Sohn beruhigen musste. Zum Teil weil nach den vergangenen 24 Stunden, in denen jeder von uns beiden so vieles durchgemacht hatte, von dem der andere nichts wissen konnte, plötzlich so viel Ungesagtes zwischen uns stand. Es hätte geholfen, uns an den Händen, noch besser, uns in den Armen halten zu können, aber Teresa umarmte das Kind, und ich hing fest an Kabeln.

Mir kam es vor, als würde ich in unser womöglich letztes Beisammensein gar nicht hineinfinden, nicht anwesend sein, es einfach an mir vorbeiziehen lassen. Ich wollte unsere lebendige Beziehung unbedingt fühlen und spürte die meiste Zeit, während Teresa an meinem Bett saß und unseren Sohn hielt, in mich hinein, um tiefe, gesunde Gefühle für meine kleine Familie in mir aufzufinden, aber gerade die Angst, nichts zu spüren, verhinderte alles Empfinden. Ich war verkrampft.

Dennoch geschah gleichzeitig etwas Unerwartetes, das ich nur allmählich wahrnahm. Auf einer Ebene war ich angespannt und verkrampft, auf einer anderen, tiefer liegenden, aber wurde ich ruhiger, je länger wir wortkarg beieinandersaßen. Ab einem bestimmten Moment dann gewann die Ruhe über den Krampf die Oberhand. Unser Beisammensein erzeugte einen gekrümmten Raum, schlug um uns einen Kreis, es war, als befänden wir uns im Innern einer Blase, mit der wir durch die Zeit schwebten. Wir drei gehörten zusammen. Teresa und mein Sohn waren – daran gab es für mich, der ich immer alles infrage stelle, in diesem Augenblick keinen Zweifel – wichtiger als alles. Wichtiger als das Schreiben, wichtiger als ich selbst.

Falls ich überlebte, würde ich weiter schreiben, weiter auf Erfolge hoffen, vielleicht auch weitere Kinder zeugen und hoffentlich nie aufhören, mich Teresa entgegenzusehnen. Aber selbst wenn es nicht dazu käme und meine Zeit nun bald abgelaufen wäre, war es gut. Ich war in meinem Leben angekommen. Ich sehnte mich nach keinem anderen. Nach so vielen Jahren in Erwartung konnte ich endlich das Leben als mein Leben akzeptieren. Kein Tag, der verging, war verschwendet.

Gleichwohl war ich erleichtert, als sie sich verabschiedeten.

Ich lag still hinter geschlossenen Vorhängen und sann dem Besuch nach, als der Oberarzt mit Überbiss sie unvermittelt aufriss.

»Sie hatten ja gewiss einen spannenden Vormittag.«

Er lächelte, als erwartete er, für diese Bemerkung beglückwünscht zu werden. Sein Hang zur Ironie, der mir am Morgen noch gefallen hatte, schien tatsächlich zwanghaft. Ich reagierte nicht.

Er behielt sein Lächeln für einige Sekunden bei, ließ es abrupt erlöschen und wandte sich meiner Akte zu. »Keine schlechten Nachrichten, immerhin. Morgen werden wir klarer sehen.«

Ich spürte sein schlechtes Gewissen, mir offensichtlich aus Kostengründen einen weiteren *spannenden Vormittag* bescheren zu müssen. Das brachte mich auf eine Idee. Ich wollte Teresa und mein Kind keinesfalls noch einmal, angekabelt an dieses schreckliche Bett, im Lärm der Blutdruckmessgeräte und umgeben von Schlaganfallpatienten, empfangen. Darum nutzte ich seine Beschämung aus und bat ihn, mir offiziell den Gang zum Klo zu gestatten. Ich nahm an, keine Schwester, kein Assistenzarzt würde, sobald die Erlaubnis des Oberarztes erst in meiner Akte vermerkt wäre, überprüfen, wohin ich sonst noch ginge.

Meine Argumente schienen mir schlagend. Die angeblich notwendige unausgesetzte Überwachung meines Blutdrucks und die Vermeidung jeder Anstrengung hatten sich ja gleich am ersten Tag als Farce erwiesen. Ich war über Stunden ohne Blutdruckmessgerät unterwegs gewesen, hatte bei der MRT-Untersuchung aus meinem Bett auf eine schmale Pritsche klettern und eine pulstreibende Nervenprobe über mich ergehen lassen müssen; und wenn ich meine Toilette in den nächsten Tagen tatsächlich ausschließlich liegend verrichten müsste, wären dabei gymnastische Verrenkungen unvermeidlich, die gewiss körperlich fordernder als eine Benutzung des nahen Badezimmers wären.

Der Oberarzt hörte sich meine Ausführungen geduldig an, äußerte sich zu ihnen aber nicht und verordnete mir, auch mit Blick auf die anstehende Angiografie, stattdessen ein blutdrucksenkendes Medikament.

Er verschwand mit einem knappen »Halten Sie die Ohren steif«.

Kurz darauf kam die Schwester, notierte etwas auf einem Zettel am Fußende des Betts und meinte: »Ich freue mich ja über jede Bettpfanne, die ich nicht leeren muss. Aber ich hätte es nicht erlaubt. Mit so einer Sache riskiert man nichts.«

16| Etwas später verließ ich trotzdem die *Stroke Unit*, um mich umzusehen. Ich hatte nicht den Eindruck, dadurch etwas zu riskieren. Man hatte mich ins Bett gelegt, damit mein Blutdruck nicht durch irgendwelche Anstrengungen anstieg. Langsames Gehen aber würde mich entspannen.

Gleichwohl tippte ich im Gehen unaufhörlich mit den Fingerspitzen meiner rechten Hand der Reihe nach meinen Daumen an. Die Übung hatte mir am Morgen ein Physiotherapeut empfohlen. Es bereitete mir einige Mühe, Daumen und Finger zusammenzubringen. Es war jeweils ein ganz bewusster Willensakt nötig, sodass die Übung mir nur nach einem Ruck und dann auch nur sehr langsam gelang. Aber ich bildete mir ein, auf diese Weise sogleich alarmiert zu werden, falls es mit der Blutung weiterging.

Von dem groß dimensionierten Vorraum zu den Fahrstühlen, von denen sich jeweils zwei an gegenüberliegenden Seiten befanden, war durch bodentiefe Fensterelemente ein schmaler Aufenthaltsraum abgetrennt. Er leuchtete im Licht der Spätnachmittagssonne orange.

Ich setzte mich hinein, blickte über einen Innenhof hinweg, der gegen Westen offen war, auf die glühenden Wolkenformationen am Horizont und atmete leichter. Ich kam mir vor wie auf der Brücke eines Ozeanriesen.

Ich schaute, bis die Sonne untergegangen war, und hatte mich doch nicht an diesem sich ewig erneuernden Schauspiel sattgesehen.

Mir wurde bewusst, wie verschlossen ich eben gegen Teresa und vor allem meinen Sohn gewesen war. Ich war nicht fähig gewesen, ihnen diese unverbrüchliche Zugehörigkeit, die ich in ihrer Gegenwart empfunden hatte, auch zu zeigen. Ich hatte überhaupt keine Gefühle offenbart. Woher kam diese seltsame Verstocktheit? Sie störte mich, vor allem wenn ich dagegen an die wunderbar kindliche Durchlässigkeit meines Sohnes dachte.

War mein Panzer bloß eine Folge des Alters, eine Reaktion auf die Blutung und das Krankenhaus, oder war er etwas, das mich schon seit je umgab? Ich versuchte mich an meine eigene kindliche Durchlässigkeit zu erinnern – vergeblich. Dafür dachte ich daran, wie mein Sohn oft auf mich zugelaufen kam und mit einem sehnsüchtigen Seufzer meine Beine umschlang. Er musste mir manchmal unbedingt nahe sein. Ich aber reagierte dann immer leicht beschämt. Das war meine natürliche Reaktion, wann immer man mir Zuneigung entgegenbrachte. Ich fragte mich, was ihr zugrunde lag. Ich hatte kein Problem, meine Liebe zu erklären. Aber wenn man sie mir zeigte oder gestand, wurde mir unbehaglich. Ich zweifelte nicht an der Liebe meiner

Frau oder meines Sohnes – ich hatte bloß Schwierigkeiten, sie persönlich zu nehmen.

Ein leises Klappern ließ mich durch das Fensterelement Richtung Fahrstühle blicken, aber ich sah nichts, was das Geräusch erklärte. Ich bemerkte nur ein einsames Bett, auf dem eine blaue Decke lag.

Ich näherte mich langsam, erkannte den babyblauen, mit einem aufgestickten Bagger verzierten Fleeceüberwurf und einige Schritte später die Konturen eines länglich gekrümmten Etwas.

Ich blieb vielleicht zwei Meter entfernt davon stehen, schaute mich nach Besuchern und Krankenhausmitarbeitern um, die aus oder zu den Fahrstühlen strömten, bemerkte aber bei niemandem Interesse oder gar ein Verantwortungsgefühl für das verwaiste Bett.

Ich trat noch etwas näher und sah nun deutlich die von dem babyblauen Überwurf verdeckte Form; beinahe hätte ich die Hand danach ausgestreckt, um sie zu streicheln. Ich wusste, was unter dieser Decke lag. Was würde nun passieren?

Ich ging, als wartete ich auf Besuch, langsam zwischen den Fahrstühlen auf und ab. Mir kam der Tod trivialer und geheimnisvoller vor, als ich es mir vorgestellt hatte, und der Unterschied zwischen dem Trivialen und dem Geheimnisvollen schien überhaupt keine Rolle zu spielen, bildete aber zur selben Zeit eine Kluft, die weder durch Gefühle noch Gedanken zu schließen war.

Zwei Mitarbeiter des Transports tauchten auf, glichen das Schild am Bettende mit ihrem Smartphone ab, lösten die Wegrollsicherung und schoben das Bett zusammen mit dem babylauen Fleece und dem, was er verdeckte, zu einem Fahrstuhl, dessen rote torgroße Tür sich rumpelnd auftat.

17| Mein Abendessen erwartete mich unter Neonlicht. Ich lupfte die Plastikhaube und blickte auf zwei Graubrotschnitten, einen in Alupapier eingewickelten Schmierkäsewürfel, zwei geriffelte Butterstücke, je eine Scheibe Hartkäse und Brühwurst, von einem Tomatenviertel und einem Zweigchen Petersilie verziert.

Der leere Platz neben mir glänzte. Jemand hatte nach dem Abtransport des Alten das Linoleum feucht aufgewischt und alle persönlichen Gegenstände entfernt. Nur das Ladekabel seines alten Nokia-Handys baumelte noch zwischen den Überwachungsmonitoren aus einer Steckdose. Ich zog es heraus und legte es in die Schublade meines Nachttischs.

Erst jetzt fiel mir auf, dass der Junkie verschwunden war. War er auch gestorben? Falls ja, hatte ich davon hinter meinem Vorhang nichts mitbekommen. An seiner Stelle lag eine mittelalte Frau. Sie nahm von mir keine Notiz. Hier auf der *Stroke Unit* ignorierten sich die Patienten gegenseitig, soweit es ging. Jeder hatte genug mit sich selbst zu tun.

Ich schloss mich an die Geräte und legte mich aufs

Bett. Der Geruch von Tee, die ovalen Brotschnitten im grellen Schein erinnerten mich an Winterabende in der Küche meiner Großmutter. Dort hatte meine Urgroßmutter mir gezeigt, wie man Streichhölzer anreißt.

Ich war vielleicht vier oder fünf Jahre alt. Mein Herz schlug mir bis zum Hals, und ich ruinierte nach langem Zögern zunächst Dutzende Hölzchen, bis ich endlich einen Schwefelkopf mit dem richtigen Druck und Schwung an der Packungsseite entlangrieb. Meine Urgroßmutter, die keinen ihrer vielen Enkel und Urenkel je gelobt hätte, sagte bloß »na endlich« und hielt ihre Zigarette in das Flämmchen, das über meiner zittrigen Kinderhand stand. Ich glaube, das war mein erster bewusster stolzer Augenblick.

Mir erschien es im Rückblick wunderbar, welche Menge an Geduld und Nachsicht in mich investiert worden war, wie viele Leute mich über so viele Jahre so vieles gelehrt hatten. Mit meinem Tod würde diese Energie verpuffen. Die Frage war wohl, was ich bis dahin von ihr weitergegeben hätte. Vermutlich konnte man tatsächlich alles als einen Kreislauf ansehen und behaupten, wir bekommen, um zu geben, damit es immer weitergeht. Mit dem Geben hatte ich allerdings gerade erst begonnen. Ich war ein relativ später Vater, der bis zu der Geburt seines Kindes vor allem selbstbezogen gewesen war. Mein möglicher Tod kam mir in diesem Moment zum ersten Mal verfrüht vor.

Ich legte Wurst und Käse, das Tomatenviertel und die Petersilie auf eine Graubrotscheibe, klappte sie zu und kaute, gegen meine Gewohnheit, lange an jedem

Bissen. Ich dachte an den Alten unter der Fleecedecke, der nun wahrscheinlich nicht weiter unter einer warmen Decke, sondern unter einer dünnen Plastikplane in einem Kühlfach lag.

Aber wer lag da? Er oder sein ehemaliger Körper? War der Alte nicht einfach etwas, woran ich, vielleicht auch der eine oder andere Krankenhausmitarbeiter und ziemlich sicher auch sein Sohn noch eine Zeit lang dachten? Oder war er noch etwas jenseits dieses Nachlebens im Andenken einer Nachwelt?

Es kam mir so vor. Nicht nur, weil sein Körper noch nicht verbrannt oder von Maden zersetzt worden war und seine Haare und Nägel noch eine Weile weiterwuchsen, was ich wusste, weil ich als Rechtsreferendar mit Polizeistreifen in Berlin unterwegs gewesen und mehrmals bei Leichenfunden dabei gewesen war.

Er war nicht einfach Vergangenheit, sondern besaß weiterhin Präsenz – und das nicht allein in meiner Erinnerung. Ich hatte, während ich aß, den unabweisbaren, beinahe sinnlichen Eindruck, er wäre noch *da*. Als wäre er in einer nicht unbedingt körperlichen, aber jedenfalls eigenständigen, außerhalb meiner bloßen Einbildung existierenden Weise Gegenwart.

Glaubte ich etwa an Geister?

Ich sagte mir, dass sein Tod in mir einfach ein emotionales Nachspiel hatte, das mein seltsam übersinnliches Empfinden erklärte, und schrieb, sobald ich das Brot aufgegessen hatte, auch um mich von den etwas beunruhigen Gedanken abzulenken, mithilfe der Diktierfunktion meines Telefons drei Freunden eine Mail.

Ich wählte jedes Mal denselben Betreff: *Der Weg allen Fleisches.*

Ich wollte damit vermutlich signalisieren, dass alles in der Ordnung war. Ab einem bestimmten Alter sind kranke oder tote Freunde eben Alltag. Kein Grund, sich deswegen zu erregen.

Ich formulierte den Einstieg, nach dem es dann persönlicher wurde, wortgleich und knapp: »Bin im Krankenhaus. Hatte eine kleine Hirnblutung. Nur geringe Ausfallerscheinungen an Arm und Hand. Noch kennen die Ärzte nicht den Grund. Es kommt noch mindestens eine Untersuchung. Könnte aber bloß Zufall gewesen sein.«

Mein Ton wahrte Distanz. Ich wollte keine Sorge entfachen, kein Mitleid provozieren. Mir ging es nicht so schlecht. Ich befand mich in einem Abenteuer und wollte nicht durch erschütterte Reaktionen daran erinnert werden, es könnte schlecht ausgehen.

Danach langweilte ich mich. An der Zimmerdecke hing ein alter Fernseher, aber es gelang mir nicht, obwohl ich lange auf einer Art Fernbedienung herumdrückte, ihn anzustellen. Schließlich hörte ich eine Folge des Podcasts von Bret Easton Ellis mit Walter Hill. Als Schriftsteller bedeutete mir Ellis nicht sonderlich viel, aber seine Gespräche mit Autoren und Regisseuren über künstlerische Probleme in Hollywood waren die ideale Ablenkung von meinen eigenen Problemen hier im baufälligen Neuköllner Krankenhaus. Das Zuhören brachte mich auf einen Gedanken, den ich notieren wollte, doch das misslang. Meine Schrift war inzwischen völlig unleserlich, meine Hand ganz kraftlos. Es war etwas beunruhigend.

Plötzlich wusste ich, und ich wusste es wirklich, nicht nur theoretisch, sondern körperlich, ich würde sterben – gleichzeitig, das weiß ich heute, glaubte ich da immer noch nicht an meinen Tod.

18| Ich lag im Lärm der Blutdruckmessgeräte wach. In wenigen Stunden war die entscheidende Untersuchung, von der ich mir nicht mehr vorstellen konnte, sie würde gut ausgehen.

Ich versuchte mich mit dem Gedanken zu beruhigen, ich sähe nur deshalb schwarz, weil mein Melatoninspiegel aus biologischen Gründen gerade auf dem Niveau eines Depressiven war. Ich redete mir ein, mit den Sorgen sei es wie mit den Ambitionen, von denen sich ja auch immer nur ein Bruchteil verwirklichte.

Vergeblich.

Ich machte mir nicht einfach Sorgen; ich hatte Angst. Angst ist anders, sie lässt sich nicht beherrschen.

Ich dachte nach und diktierte schließlich folgende Mail an mich selbst in mein Telefon: »Angst heißt, in einer stern- und mondlosen Nacht, verlassen und ein wenig blutend, im offenen Meer zu treiben, mit nichts Greifbarem um sich herum, über einer bodenlosen Tiefe – und zu warten.«

Danach fühlte ich mich schon weniger ausgesetzt.

Vor dem Fenster stand die Nacht. Mich durchwehte

eine unbestimmte Wehmut. Ich versuchte mir vor Augen zu halten, wie weit, groß und unfassbar das Leben war, und dachte an eine wochenlange Wanderung durch Kroatien und Slowenien, auf der ich spätabends, bei Wind und Regen, plötzlich an ein *Land's End* gelangt war, vor mir das tobende Meer, im Rücken eine von Straßenmusik klingende Altstadt, und dabei das Gefühl gehabt hatte, nun dem Eigentlichen ganz nahe zu sein. Oder an den Tag in den Bergen, an dem ich, nach einem stundenlangen Aufstieg bei sengender Hitze, plötzlich in einen von Vogelstimmen erfüllten, von einem kühlen Gebirgsbach durchzogenen Hochwald getreten und vor Freude für einige Momente leicht wie Luft gewesen war.

Solche Erlebnisse, die man sein Leben lang als eine Art Guthaben mit sich führt, waren rar, ich erinnerte mich an keine Handvoll. Ich würde kaum eine weitere Handvoll davon erleben. Die meiste Zeit verdrängte ich das. Sah ich zum Beispiel auf einer Autofahrt über einem Feld den Mond aufgehen, dachte ich nicht daran, wie oft ich den Mond schon hatte aufgehen sehen (vielleicht zweimal), und auch nicht daran, wie oft ich ihn noch aufgehen sehen würde (kaum öfter). In einem solchen Augenblick erschien mir einfach alles grenzenlos.

In dieser Nacht im Krankenhaus empfand ich das Gegenteil von Grenzenlosigkeit. So lange hatte ich im reinen Möglichkeitsraum gelebt. Die Welt war mir eine stetig präsente Verheißung gewesen. Der Gedanke, ich könnte jederzeit irgendwo noch mal ganz neu anfangen, selbst nachdem ich schon Vater geworden war, dann eben zusammen mit der Familie, hatte jederzeit einen verlässlichen Ausweg versprochen. Ich hatte über eine scheinbar unerschöpfliche Reserve an Zuversicht, Unbefangenheit und Kraft verfügt. Ich war so lange jung gewesen, weit über meine körperliche Jugend hinaus.

Nun fühlte ich mich nicht mehr jung. Ich wusste, selbst dann, wenn die Untersuchung in wenigen Stunden gut ausging, war ich doch einer bestimmten Kraft, Unbefangenheit und Zuversicht unwiederbringlich beraubt. Mein Körper hatte mich zurechtgewiesen. Mit ihm konnte ich mir nicht mehr alles zutrauen.

19| *Es gibt eine Geschichte, die man sich über den Schriftsteller F. Scott Fitzgerald erzählt, sie handelt von dem Höhepunkt des Lebens.*

In seinen jungen Jahren wuchsen in F. Scott Fitzgerald zwei Wünsche heran, nach deren Erfüllung er sich mit all seiner Sehnsucht, all seiner Erwartung verzehrte. Er wollte berühmt und erfolgreich sein – und er wollte die Königin heiraten, das eine Mädchen, das sich vor allen anderen Mädchen auszeichnet.

Mit Anfang zwanzig trifft er Zelda, und er schreibt an seinem ersten Roman. Plötzlich hält er von beiden großen Träumen jeweils ein Ende in den Händen, und er ist entschlossen, nicht loszulassen, bis er sie beide ganz eingeholt haben wird.

Kurz nach dem Erscheinen des Romans sitzt F. Scott Fitzgerald, gerade dreiundzwanzig, im Fond eines Taxis neben seiner vier Jahre jüngeren Frau. Die Fahrt geht durch New York, den aufregendsten Ort der Zeit. Es ist ein Spätnachmittag im Frühjahr, die Sonne wirft schräge Strahlen hinunter in die Schluchten zwischen den Wolkenkratzern, in denen prickelnder Staub sichtbar wird.

Es ist ein helles, trotzdem ganz mildes Licht. Ein Licht, das verklärt und Verzweifelte mit neuer Hoffnung belebt. Ihm wird bewusst, er hat alles, was er sich erträumte, erreicht. Er hat gewonnen.

Fünfzehn Jahre später ist F. Scott Fitzgerald ein kranker, gebrochener Mann.

Diese Zeilen bilden den Anfang meines ersten, bislang unveröffentlichten Romans. Ich musste an sie denken, während ich im Bett zur Angiografie geschoben wurde. Sie drücken die Sehnsucht meiner jungen Jahre aus: Einmal wenigstens alle Bälle in der Luft jonglieren, bevor es an den unvermeidlichen, dafür aber romantischen Abstieg geht.

20 | Vor und in den Räumen der Angiografie herrschte Aufregung und Durcheinander. Gänge, Verbands- und Medikamentenschränke, selbst die Tür zum WC wurde von Patienten in Betten blockiert. Manche von ihnen trugen schmutzige Verbände und wimmerten. Ich lag in einem eisigen Durchzug und verkroch mich immer tiefer in mein Bettzeug.

Nach einer Weile erfuhr ich von einem schon zum dritten oder vierten Mal an mir vorbeihetzenden Assistenzarzt, was der Grund für dieses Chaos war. »Ein schwerer Unfall auf der 109. Hier geht gerade nichts mehr. Ich lasse Sie noch mal vom Transport auf Station fahren. Hat ja keinen Sinn, dass Sie sich in dieser Kälte den Tod holen.«

Der Transport ließ beinahe eine Stunde auf sich warten. Als ich schließlich abgeholt wurde, aber kurz darauf im Vorraum zu den Fahrstühlen in einem Stau stand, verriet mir der für mich zuständige Mitarbeiter in einem Ton, als machte uns das zu Spießgesellen, den Grund dafür. »Während der Essenausgabe ist für den gesamten Patientenverkehr nur ein einziger Fahrstuhl reserviert. An einem durchschnittlichen Arbeitstag verbringe ich sicherlich drei Stunden mit dem Warten auf den Aufzug. Das habe ich mit meinem Telefon gestoppt.«

Ich fragte ihn, ob er von seinem Telefon auch seine Schritte zählen lasse.

Sein Gesicht leuchtete auf. »Aber sicher.«

»Und wie viele?«

»Gestern waren es 27 000. Fast zwanzig Kilometer. Man kann sich ja über vieles beschweren, aber nicht darüber, dass diese Arbeit ungesund wär.«

Er lachte zufrieden, verzog aber plötzlich das Gesicht und wurde stumm. Ich nahm an, er war unsicher, ob das Prahlen mit einem Beruf, der ihn durch das viele Laufen gesund hielt, gegenüber einem jüngeren Mann, der sich gar nicht bewegen durfte, vielleicht unsensibel war.

Im Zimmer schrieb ich Teresa eine SMS: »Schrecklicher Unfall auf der B 109. Darum Patientenstau. Es wird sicherlich noch eine ganze Weile dauern. Rechne nicht mit Nachricht vor dem späten Nachmittag.«

Ich blickte aus dem Fenster. Es wäre naheliegend gewesen, zur Zerstreuung ein Buch oder mein Telefon in die Hand zu nehmen, zu lesen, ein Video zu schauen oder einen Podcast zu hören. Doch stattdessen blickte ich auf giftgrün gestrichene Fünfziger-Jahre-Mietskasernen, laublose Bäume, kalte Mauern, in ein niederdrückendes Himmelsgrau. Irgendwo klirrten im Wind Fahnen. Ich dachte daran, dass die Hälfte meines Lebens jedenfalls vergangen war. Hatte ich meine Zeit genutzt?

Ich erinnerte mich an meine Versäumnisse. Das versetzte mir einen Stich, aber der Schmerz war flüchtig. Offenbar stimmte, was man von vielen Alten und Sterbenden hörte und was ja auch nahelag: Am Ende kommt es auf wenige Dinge wirklich an.

Worauf kam es mir wirklich an? Ich hatte aus Liebe geheiratet, ein Wunschkind gezeugt, aber mit dem Schreiben – ich hatte es lange für das Wichtigste gehalten – war ich aus Unernst, Feigheit oder mangelnder Veranlagung nie zu jener tiefer gehenden Kreativität gelangt, die als Einzige zählte.

Insgesamt eine gemischte Bilanz. Aber eine solche hatte ich mir auch verdient. Denn ich merkte, ich konnte mit meinen Versäumnissen ebenso gut leben wie sterben.

21 | Vor einigen Jahren traf sich mein Abiturjahrgang. Unter gewöhnlichen Umständen wäre ich nicht hingegangen. Bis auf einen alten Lehrer, der aber sicher nicht käme, hatte ich kein Bedürfnis, irgendwen aus jener Zeit wiederzusehen. Doch meine Schwester feierte an ebendiesem Wochenende ihren zwanzigsten Geburtstag, ich war deswegen sowieso in der Stadt und dachte mir, warum eigentlich nicht.

Dabei lag die Antwort auf der Hand. Meine Mitschüler waren mir bereits zu Schulzeiten fremd gewesen. Mein Aufbruch aus der Heimat bedeutete für mich in erster Linie ein großes Auf- und Durchatmen. Zwanzig Jahre später verband mich mit niemandem noch irgendetwas, nicht einmal besondere Neugier. Ich empfand unter ihnen bloß wieder vage jene Bedrückung, die ich schon damals die meiste Zeit empfunden hatte, ohne sie als Bedrückung wahrzunehmen, denn sie war der Normalzustand gewesen: Ich wollte um keinen Preis dazugehören.

Früher hatte ich mich deswegen oft allen überlegen, öfter aber unzufrieden und missverstanden gefühlt.

Jetzt dachte ich bloß: Du verschwendest deine Zeit. Ich blieb keine zwei Stunden, führte dennoch zwei Gespräche, die mir in meinem Krankenhausbett wieder in den Sinn kamen.

K hatte früher als alle anderen in unserem Jahrgang Stil besessen. Ihr Traum war es gewesen, Architektur zu studieren und Häuser an wilden Meeresküsten zu bauen. Nun war sie, erfuhr ich, angestellte Bauzeichnerin beim Sohn des Nachbarn ihrer Eltern, der sein Architekturbüro vom Vater übernommen hatte und über den sie sich früher, weil er ein Idiot war, lustig gemacht hatte. Sie, die 1992, gerade volljährig, auf eigene Faust wochenlange Eisenbahnfahrten durchs postsowjetische Russland unternommen hatte, war nie wirklich aus ihrer kleinen Heimatstadt weggekommen. Sie hatte ihr Studium in München bereits nach zwei Monaten abgebrochen und stattdessen zwanzig Meter Luftlinie entfernt von ihrem Elternhaus eine Lehre begonnen, um als eine Art lebender Puffer zwischen ihrem Vater und ihrem kleinen Bruder zu fungieren. Der Bruder, den ich als harmlosen kleinen Jungen aus dem Tischtennisverein in Erinnerung habe, hatte offenbar mit sechzehn seine Liebe zu Speed und Heroin entdeckt – und sie bis heute, trotz zahlreicher Therapien, nicht wieder verloren. Er lebte, da seine Leidenschaft kostspielig war, noch immer bei den Eltern. Das Mitleid, das sein Vater für den Junkie, zu dem sein Sohn geworden war, irgendwann einmal gehabt haben mochte, hatte sich längst aufgebraucht. K war sich sicher, sie erzählte es mit ihrem alten Sinn für Humor, früher oder später würde einer von beiden den anderen totschlagen. Die Tat sei so gut wie begangen, unklar sei allein, wer Opfer und wer Täter sein werde. Sie sehe ihre Aufgabe in erster Linie darin, den zukünftigen Totschläger so lange wie möglich vor dem Gefängnis zu bewahren.

Sie klang sarkastisch, dabei war es ihr ernst. Ihre Aufgabe war Selbstaufgabe. Sie opferte dem Bruder alles, sogar eine eigene Familie. Kein Mann, erklärte sie lachend, halte den Wahnsinn bei ihr zu Hause lange aus. Zu diesem Wahnsinn gehörte – sie war in diesem Punkt erstaunlich freimütig, es war wohl ihre Weise, Selbstachtung zu bewahren –, sich um ihre depressive Mutter zu kümmern, Stress von ihrem jähzornigen, herzkranken Vater so weit wie möglich fernzuhalten und sich von ihrem in unregelmäßigen Abständen völlig unberechenbaren Bruder bestehlen, schikanieren und, auch das war offenbar vorgekommen, verprügeln zu lassen.

Danach sprach ich noch mit D. Ich hatte sie zu Schulzeiten nur näher kennengelernt, weil sie die beste Freundin des Mädchens gewesen war, das ich mehr oder weniger unglücklich geliebt hatte. Wie sich herausstellte, hatten wir beide zu ihr jeden Kontakt verloren. Unweigerlich erzählten wir einander ein wenig von uns. Ich erfuhr keinen Werdegang, nur dass D Mutter von Zwillingsjungen und einem kleinen Mädchen war und seit zwei Jahren zusätzlich ihren Mann pflegen musste, er war ein Jahr jünger als sie. Man hatte bei ihm während einer Blinddarmoperation Darmkrebs entdeckt. Daraufhin hatten ihm Teile der Leber, beide Nieren und ein Stück des Magens herausgeschnitten werden müssen. Für die Ärzte waren seine beiden schweren Bandscheibenvorfälle, die er gleichzeitig erlitten hatte, da schon nicht mehr ins Gewicht gefallen, obwohl gerade diese, so D, ihren Alltag besonders mühsam machten. Anders als so viele der Schulkameraden, die vom sogenannten Zahn der Zeit dermaßen verunstaltet worden waren, dass ich Mühe gehabt hatte, sie wiederzuerkennen, schien D überhaupt nicht gealtert. Ihre Haut war rosig und fest, ihre schwarzen Locken voller Kraft. Nur ihre Augen waren alt. In ihnen waren Hoffnung und Freude erloschen. Wann immer sich unsere Blicke trafen, spürte ich deutlich, dass sie am Ende, ganz einfach fertig war. Dieser Abend in einem im Industriegebiet gelegenen sogenannten mongolischen Restaurant (das in Warmhaltschüsseln Autobahnraststättenessen servierte, Schweineschnitzel, Frikadellen, Cordon bleu, Speckkartoffeln, Kartoffelgratin, zerkochte Bohnen und verwelkte Salate) war ihr erster Abend außer Haus seit Jahren. Sie hatte ihn nur ausnahmsweise mit der Hilfe zweier Freundinnen organisieren können.

Ich hörte K und D zu, ohne viel zu sagen. Das Schicksal war brutal, das wusste man. Es hatte bei ihnen eben zugeschlagen. Jeder andere, der sich noch glücklich wähnte, konnte als Nächster an der Reihe sein. Ich äußerte deswegen weder gegenüber D noch K Mitleid. Es wäre mir herablassend vorgekommen. Man konnte ihr Leben nicht auf das Schlimme, von dem sie erzählten, reduzieren. Sicherlich hatten auch sie Glück erfahren, das sie nur nicht erwähnten, weil es gerade von ihren Sorgen in den Hintergrund gedrängt wurde. Sie waren nicht bedauernswerter als andere. Meiner ebenso lang gehegten wie nie wirklich hinterfragten Überzeugung nach traf jeden das gleiche Maß an Leid, eben nur in anderer Form, zu einer anderen Zeit.

Gleichwohl – und das gestehe ich mir ungern ein – stieg ich wenig später mit einem ungläubigen Lachen zu Teresa ins Auto. Der Kontrast zwischen dem hoffnungslos scheinenden Elend, in das K und D verstrickt waren, und meinen eigenen Zukunftsaussichten war zu frappierend. Teresa und ich waren erst seit wenigen Tagen verlobt und würden im nächsten Jahr eine große Hochzeit feiern. In wenigen Wochen erschiene mein erster Roman, der mich vielleicht nicht reich und berühmt, aber doch hoffentlich zu einem in jeder Hinsicht freien Autor machen würde.

In meinem Leben gab es, obwohl ich nicht mehr jung war, einen Überschuss an hoffnungsvollen Anfängen, während für so viele meiner Klassenkameraden die Zeit der Erwartung offenbar vorbei war.

Ich verließ das Treffen innerlich triumphierend. Früher hatten sich meine Klassenkameraden über die durch kein offensichtliches Talent beglaubigte hohe Meinung, die ich von mir selbst hatte, amüsiert. In der Abiturzeitung wurde ich ein *verkanntes Genie* genannt. Ich hatte den Spott verstanden. Ich hätte mich über jemanden wie mich auch lustig gemacht. Niemand ist lächerlicher als derjenige, dessen Wünsche zu groß für die eigenen Möglichkeiten sind. Trotzdem hatte ich von meinen großen Wünschen nicht gelassen.

Theoretisch mochte ich überzeugt sein, dass jedes Leben tragisch und zu seiner Zeit von seinem Maß an Leid betroffen war. Doch wenigstens in den Stunden nach dem Klassentreffen, in denen ich in einer warmen Sommernacht noch lange mit Teresa bei Wein im Garten meiner Eltern zusammensaß, nahm ich sehr wohl an, dass es Verlierer und Gewinner, Opfer und Glückskinder gab. Ich zählte mich zu den Letzteren.

An diesen Anfall von Hochmut dachte ich im Krankenhaus zurück. Wenn die Untersuchung in wenigen Stunden schlechte Nachrichten brächte und ich operiert werden müsste, würde ich auf absehbare Zeit mit körperlichen Behinderungen zu leben haben, im Vergleich zu denen die bisherigen motorischen Ausfälle meines Arms und meiner Hand wie der Stich einer Mücke wären, unangenehm, aber nicht weiter erwähnenswert. Das galt freilich auch bloß dann, wenn alles ohne Komplikationen verlief. Eine Behinderung wäre sozusagen das Best-Case-Szenario.

Ich konnte nur hoffen, Teresa würde dann zu einer Selbstlosigkeit fähig sein, wie K und D sie bewiesen hatten. Gleichzeitig war ich unsicher, ob ich genug Selbstwertgefühl besäße, ihre Entsagung zu ertragen.

22| Am Morgen hatte man mich gefragt, ob ich für die Untersuchung, bei der man mir einen Katheter durch eine Arterie an der Hüfte bis in meinen Hirnstamm schieben würde, um dort eine Kontrastflüssigkeit einzubringen, ein Beruhigungsmittel wünsche. Ich hatte das abgelehnt, um unter allen Umständen Erfahrungen bis zum Schluss machen zu können. In keinem Fall wollte ich, falls es als Reaktion auf das Kontrastmittel oder die mechanischen Reizungen durch den Draht zu einer weiteren Blutung käme, sediert in den Tod gehen.

Doch inzwischen waren, seitdem ich wieder auf mein Zimmer zurückverbracht worden war, drei weitere Stunden vergangen, und ein Mittel, das mir eine biochemische Gleichgültigkeit verschaffen konnte, erschien mit jeder Minute verlockender. Noch einmal würde ich das Angebot, mich beruhigen zu lassen, nicht ablehnen.

Es kam nicht. Der Transport tauchte unvermittelt wieder auf und brachte mich zurück ins Erdgeschoss, in den nun auf eine beunruhigende Weise leeren Untersuchungsraum. Als ich den Assistenzarzt wiedersah, sprach ich ihn auf die Beruhigungsspritze an.

Er sah auf die Uhr und kräuselte die Augenbrauen. »Sie sind gleich dran. Bis das Mittel wirkt, wird die Untersuchung hoffentlich vorbei sein.«

Er lächelte. Ich versuchte es ihm nachzutun, doch meine Gesichtszüge entgleisten. Ich spürte meinen Blutdruck steigen. Unwillkürlich bewegte ich die Finger meiner rechten Hand, um vor einer weiteren Blutung gewarnt zu sein und vielleicht einen letzten Gedanken fassen zu können, bevor ich für immer das Bewusstsein verlor.

Ein Arzthelfer trat an mein Bett, murmelte etwas Unverständliches und schob mich mürrisch in den Untersuchungsraum. Dort forderte er mich, ohne mich anzusehen, mit gelangweilter Stimme auf, aus meinem Bett auf den Untersuchungstisch zu klettern. Obwohl es mir offensichtliche Schwierigkeiten bereitete – mein Kreislauf schien ins Bodenlose zu fallen, und es tanzten flirrende Lichter vor meinen Augen –, wartete er unbeteiligt ab, bis ich endlich auf dem kalten Tisch ausgestreckt lag. Er mochte von einem anstrengenden Morgen mit vielen Unfallpatienten erschöpft sein. Auf mich allerdings machte er mit seinen Bartstoppeln, den tiefen Augenringen und einer grobporigen, von einem matt glänzenden Film überzogenen Gesichtshaut eher den Eindruck, als hätte er die letzte Nacht einfach zu lange zu viel ungesunden Spaß gehabt.

Ich schloss die Augen. Meine Behandlung in diesem Krankenhaus kam mir irgendwie nachlässig, nicht ernsthaft genug vor. Für die Angestellten war mein Fall Teil ihrer ermüdenden Routine, dabei ging es hier doch immerhin um mein Leben, oder?

So jedenfalls hatte ich mir das nicht vorgestellt.

Ich hatte zusammen mit einem Arzt auf einen Bildschirm in das Innere meines Kopfes und meinem Schicksal unvermittelt ins Auge schauen wollen. Nun aber lag ich, wie schon im MRT, wieder auf einer Bahre in einer ausgeklügelten Vorrichtung festgeschnallt, mit einem Fixierungsgurt über der Stirn unter einem sargdeckelähnlichen Röntgengerät und hörte über einen Lausprecher die Anweisung des Arztes, mich unter keinen Umständen zu bewegen.

Dann dauerte es.

Nach einer örtlichen Betäubung führte man mir den Katheter durch die Lendenarterie in den Kopf. Warme Lichtblitze gewitterten unter meinen geschlossenen Augenlidern – Reflexe meines Hirns auf die Reize durch den Draht. Ich stellte mir vor, es seien Leuchtspuren ins Jenseits.

Je mehr Zeit verging, desto beunruhigter wurde ich. Der Assistenzarzt hatte mir erklärt, im Idealfall wäre die Untersuchung schnell vorbei. Schließlich hofften sie, nichts zu finden, das sie näher untersuchen mussten.

Ich hörte mit einem Mal eine weitere Stimme, die dem Assistenzarzt Fragen stellte und dann knappe Anweisungen gab. Ich konnte nichts Genaues verstehen. Unter dem Sargdeckel drang der Schall nur bis zur Unverständlichkeit gedämpft an mein Ohr. Ich nahm an, die Stimme gehörte dem Chefarzt. Eine Schwester hatte mir am Morgen zugeraunt, sie habe mitbekommen, der Chef würde sich meine Hirnblutung, deren Umstände offenbar medizinisch ungewöhnlich waren, in jedem Fall selbst ansehen. Dabei hatte sie Augen gemacht, als müsste ich meinem Schicksal dankbar sein, mich mit einer Erkrankung beschenkt zu haben, die mich sogar für diesen außergewöhnlichen Menschen interessant machte.

Ich war Kassenpatient. Ein Chefarzt mit Chefarztgehalt, das er gewiss nicht mit mir, sondern mit der Behandlung von Privatpatienten verdiente, würde sich doch nur so lange mit meinem Fall beschäftigen, wie er dabei etwas erfuhr, das seine finanziellen Einbußen aufwog. Ich hoffte deshalb, seine Stimme würde schnell verstummen.

Doch die Beiden hörten nicht auf, miteinander zu diskutieren, im Gegenteil wurde ihr Austausch erregter und eindringlicher.

Mit jeder Minute, die das Gespräch andauerte, schwand meine Hoffnung, es könnte auf dem Angiogramm überhaupt nichts zu erkennen und die Blutung darum bloß ein unerklärlicher, nicht weiter ernster Vorfall gewesen sein. Chef- und Assistenzarzt hörten einfach nicht zu sprechen auf.

Es hatte mich erwischt. Sehr empörend war das nicht. Ich war über vierzig Jahre alt geworden, ohne etwas wirklich Schreckliches zu erfahren. Selbst wenn dies sich nun ändern sollte, hatte ich noch immer eine ganze Menge Glück gehabt.

Ich spannte alle meine Muskeln an, machte mich zu einem harten Brett, als wollte ich verhindern, dass das, was da nun auf mich zukam, mich umwerfen konnte.

Plötzlich hörte ich die Stimme des Chefarztes über den Lautsprecher. Er wirkte aufgeregt, sein Tonfall war barsch. »Halten Sie doch still. Jetzt geht es hier um die Wurst!«

Ich erinnere mich nicht wirklich, wie es danach weiterging. Dieser Ausruf des Chefarztes war zu viel. Mich überkam eine Welle reiner Heiterkeit. Alle Anspannung fiel von mir ab. Ein Gefühl, als wäre ich selig betrunken. Das Leben schien nichts weiter als ein gelungener Scherz auf meine Kosten zu sein.

23| Vor Kurzem sah ich eine Folge der Serie *Peaky Blinders* und war elektrisiert, als der Held, ein Veteran der Schlacht an der Somme im Ersten Weltkrieg, *The soldier's minute* beschrieb:

Die Minute des Soldaten. In einem Kampf ist das alles, was man bekommt. Eine Minute von allem auf einmal. Und alles vorher ist – nichts. Alles nachher – nichts. Nichts im Vergleich zu dieser einen Minute.

Auch wenn das Warten auf das Untersuchungsergebnis sicher nicht mit einer Kriegsschlacht zu vergleichen ist, beschreibt dieser Satz merkwürdig genau, wie ich mich nach überstandener Prozedur in dem zugigen Vorraum fühlte.

Ich empfand Verunsicherung und Verwirrung, Euphorie und Erleichterung. Es war zu viel, zu intensiv – und wohl deswegen lag ich einfach unbewegt da.

Ich war ganz wach.

Nach vielleicht zwanzig Minuten kam der Assistenzarzt, um mir zu sagen, sein Chef würde mich über das Ergebnis der Untersuchung aufklären.

Ich nahm das wie geohrfeigt hin.

Mir war klar, die Ankündigung eines Gesprächs mit dem Chefarzt konnte keine gute Nachricht sein. Natürlich hatten sie etwas gefunden.

Das Neonlicht schrillte in meinen Ohren.

Der Chefarzt kam nicht.

Die Anspannung erschöpfte mich.

Nach und nach wurde ich ruhiger.

Als der Chefarzt dann schließlich an mein Bett trat, sah ich ihn unaufgeregt an. Er war ein breitschultriger, breitgesichtiger Mann mit einem grauen Schnurrbart, einer runden Metallbrille und hohem Haaransatz. Seine physische Erscheinung war dominant, aber sein Blick verriet, dass er frustriert war.

»Ein verzwickter Fall. Wir sind nicht ganz dahintergekommen.«

»Das heißt?«

Er blickte erstaunt, musste sich einen Moment sammeln, bevor er sich in meine Lage hineinversetzen konnte.

»Ihre Blutung liegt ungünstig. Normal komme ich ganz hinter das Hämatom. Aber bei Ihnen gibt es da diesen toten Winkel. Wir müssen uns einfach etwas gedulden, bis das Blut abgeflossen ist.«

»Wann wird das sein?«

»Zehn, zwölf Wochen.«

»So lange muss ich warten!?«

»Ja.«

Das widersprach allem, was die anderen Ärzte mir gesagt hatten. Es hatte immer geheißen, ich müsse sieben Tage warten, bis ich außer Gefahr sei. Und nun waren es plötzlich zehn, zwölf Wochen?

»Muss ich wirklich Monate warten, bis ich wirklich erfahre, was los ist?«

»Glauben Sie mir, ich verstehe, wie frustrierend das ist.«

Ich wusste nicht mehr, wovon er sprach. Sollte er als Chefarzt nicht in der Lage sein, einen Patienten auf eine schonende und gleichzeitig verständliche Weise aufzuklären?

»Also können Sie mir gar nichts sagen ... alles ist möglich? Ein Tumor ...«

Seine Augen wirkten hinter den Brillengläsern silbrig, nach innen gekehrt; doch beim Wort *Tumor* wurden sie plötzlich stahlblau und klar.

»Nein, nein. Sie verstehen das falsch. Einen Tumor, auch ein Aneurysma oder ein Angiom kann man ausschließen. Es muss eine andere Ursache für Ihre Blutung geben.« Er nahm die Brille ab und rieb sich durch sein Gesicht. »Ich hätte Ihnen gerne gesagt, welche das ist. Auch bei solchen spontanen Blutungen findet man oft einen Grund beziehungsweise eine wahrscheinliche Ursache. Man konstruiert einen plausiblen kausalen Zusammenhang. Bei Ihnen mag unter dem Hämatom eine kleine fehlgebildete Ader liegen, die da gar nicht hingehört und nun ausgeblutet ist. Aber das wäre nicht weiter schlimm. Es kommen jetzt noch einige gründliche Bluttests. Und wenn in den nächsten

Tagen nichts Dramatisches passiert, können Sie dieses Jahr ein ganz besonderes Silvester feiern.«

Meine Anspannung ging wie eine Lawine ab. Ich fühlte mich betäubt. In mir war plötzlich eine große, alles verdrängende Gleichgültigkeit. Müde begriff ich, was das Problem des Chefarztes war. Er war verwirrt, weil er meine Blutung nicht erklären konnte. Das passte nicht in sein Selbstbild, es widersprach seinem Verständnis von guter Medizin und Wissenschaft.

Er tat mir leid. Um ihm eine zwar obskure, doch immerhin interessante Erklärung anzubieten, erwähnte ich die Meditation.

Er schaute irritiert zur Tür. Ich hatte mich für ihn erledigt.

24| Wie schon am Vortag nach dem MRT schrieb ich noch aus dem rollenden Bett heraus an Teresa eine SMS. Ich bekam nicht sogleich eine Antwort, dabei hatte ich mir vorgestellt, sie ließe ihr Telefon für keinen Moment aus den Augen.

Vermutlich war sie mit unserem Sohn, ihrer Arbeit, den Vorbereitungen für Weihnachten beschäftigt. Noch heute würden meine Eltern anreisen. Morgen meine Schwester und an Heiligabend Teresas jüngster Bruder. Sie alle feierten bei uns, um mich besuchen zu können, und auch damit Teresa nicht mit unserem Kind unter dem Weihnachtsbaum allein säße. Es gab gewiss eine ganze Menge zu erledigen, Lebensmittel einzukaufen, Betten zu beziehen, Böden aufzuwischen, einen Baum zu besorgen.

Ich wusste, Teresa würde sich für das Wohl der Anreisenden, die zu Weihnachten auch andere Pläne gehabt hatten, verantwortlich fühlen und sich bemühen, sie über die unglücklichen Umstände mit einem trotz allem schönen Fest hinwegzutrösten. Vor allem würde sie unseren Sohn, für den es das erste bewusste Weihnachten war, möglichst wenig von all der Anspannung und der Besorgnis spüren lassen wollen, die auf ihr lasteten. Er sollte unbeschwerte Freude empfinden können und seinen Vater so wenig wie möglich vermissen.

Ich verstand das, ich verstand das alles sogar gut – und fühlte mich dennoch vernachlässigt.

Auf der *Stroke Unit* erwartete mich eine Überraschung. Meine Zimmernachbarn waren entweder gestorben oder in die weniger überwachten Vorzimmer verlegt worden, von wo sie bald nach Hause entlassen werden konnten. Niemand war bislang nachgerückt. Ich war in dem großen Viererzimmer plötzlich ganz allein.

Ich zog den Stecker meines Blutdruckgeräts aus der Dose und lauschte der ungewohnten Stille.

Die Kanten der Gegenstände glänzten wie vor Einbruch der Dämmerung, und wirklich färbte sich der wolkenverhangene Tag vor den Fenstern bereits dunkel. Von dem Linoleum auf dem Fußboden stieg ein Schimmer auf, der mich in die Langeweile meiner Kindheit zurückversetzte, in die Stimmung trüber Winternachmittage, an denen das Licht ähnlich bleiern wie jetzt in diesem Krankenzimmer gewesen war und ich im Sessel meines verstorbenen Großvaters gesessen und gebannt dem Ticken einer Wanduhr gelauscht hatte, das mich, denke ich jetzt, meine Vergänglichkeit hatte fühlen lassen, lange bevor sie mir bewusst geworden war.

Ich überlegte, ob meine Eltern nach dem Tod der Großmutter diese Uhr, der ich meine ganze Kindheit hindurch gelauscht hatte und die bis zur Übersiedlung in ein Pflegeheim für mich das geheime Zentrum der Wohnung gewesen war, aufbewahrt oder entsorgt hatten. Ich vermutete Letzteres. Meine Eltern waren gute Konsumenten, sie zogen das Neue dem Alten vor. Früher, zum Beispiel als nach dem Tod meiner Urgroßmutter alle ihre Kleider und Pelze, zum Teil noch aus den 1920ern, auf dem Sperrmüll gelandet waren, hatte mich das immer wieder bis zur Verzweiflung wild gemacht. Inzwischen selber älter, konnte ich ihre Haltung nachvollziehen. Ab einem bestimmten Punkt im Leben wiegt die Vergangenheit zu schwer. Dann muss man Ballast abwerfen, um bei stetig nachlassender Kraft überhaupt noch etwas voranzukommen.

Fast fand ich es schade, dass die existenzielle Intensität der Bedrohung sich nun allmählich verflüchtigte. Zwar konnte die Blutung noch immer jeden Moment weitergehen und mich töten. Doch lag die Wahrscheinlichkeit dafür, wenn ich die Ärzte richtig verstanden hatte, bei vielleicht noch 25 Prozent. Das war hoch – aber mein Tod eben nicht mehr eine ganz so einschüchternd naheliegende Möglichkeit. Eine Überlebenschance von 75 Prozent, die sich zudem mit jeder Stunde erhöhte, fühlte sich schon fast alltäglich an.

Dann klingelte mein Telefon. Seit meiner Nachricht an Teresa waren vielleicht fünfzehn Minuten vergangen. Sie klang nicht besonders angespannt. Ich gab Entwarnung. Sie sagte, sie sei erleichtert, aber ich hörte in ihrer Stimme keinen Überschwang. Sie sprach nicht viel anders, als sie auch sonst mit mir am Telefon sprach, wenn wir uns über Alltagsdinge austauschten. Gleich kämen meine Eltern an.

Ich war irritiert und wusste kaum etwas Anschauliches über die nackte Tatsache, dass bei der Untersuchung nichts gefunden worden war, hinaus zu erzählen. Plötzlich weinte im Hintergrund das Kind. Wir verabredeten, später noch einmal zu telefonieren.

Meine Erwartungen an Teresa, das wurde mir zu meinem eigenen Missvergnügen bewusst, waren widersprüchlich.

Ich hatte gerade ihr gegenüber den Ernst meiner Lage heruntergespielt und mich bemüht, stark und gefasst zu wirken. Ich war ihr Mann. Sie sollte sich in schwierigen Situationen auf mich stützen können. Ich hatte kein Grund für Angst und Aufregung sein wollen.

Gleichwohl vermisste ich nun ihren Gefühlsausbruch. Ich wollte ihre Erleichterung und Überwältigung spüren. Sie sollte vor Sorge und Liebe außer sich sein und Halt nur in meinem unaufgeregten Gleichmut finden. Ich wollte – für einen Moment – ihren Kontrollverlust.

Meine Haltung war kindisch, sie war egozentrisch, dabei gab ich mir seit Jahren Mühe, meine Selbstbezogenheit zu überwinden. Ich konnte die Situation jetzt als Gelegenheit begreifen, weiter zu reifen.

Aber, fragte ich mich, war meine Selbstbezogenheit jetzt nicht einmal sehr berechtigt?

25| Während Teresas Schwangerschaft und der ersten Wochen nach der Geburt unseres Kindes waren das Einzige, was meine Freude ein wenig trübte, gewisse Fantasien und Träume, die mich anfallartig überkamen und die ich nicht weiter ernst zu nehmen versuchte. Bei der ersten Ultraschalluntersuchung war ich überzeugt, sie müsse eine verheerende Erbkrankheit ans Licht bringen. Die bevorstehende Geburt konnte ich mir im Krankenhaus nur als eine Verkettung schwerer Arztfehler vorstellen, die mich zum Witwer und Vater eines Kindes machten, das lebenslang auf Betreuung und Windeln angewiesen wäre. Als ich Wochen nach der ganz unproblematischen Geburt mit meinem glucksenden Sohn zu meinen Füßen Gemüse putzte, sah ich das Messer aus meiner Hand gleiten und mit der Spitze voran in seine Fontanelle fallen. In einem wiederkehrenden Traum aus jener Zeit war unser frisch geborenes Kind eine Mischung aus Skorpion und Weberknecht. Teresa und ich waren ständig in Angst, ihn aus den Augen zu verlieren und versehentlich zu zertreten. Wir machten kaum noch einen entspannten

Schritt. Einmal unternahmen wir mit anderen Eltern einen Ausflug über Nacht. Alle hatten spezielle Behältnisse für ihre Kinder dabei, die beneidenswert sicher zu sein schienen. Teresa und ich waren wie vor den Kopf gestoßen, von diesen Sicherungsbehältnissen nichts gewusst zu haben, und improvisierten mit einem Marmeladenglas, in das ich unseren inzwischen zu einer Art Tintenfisch ausgewachsenen Sohn nur unter Mühen hineinstopfte. Wir erreichten das Hotel, tranken an der Bar und dachten nicht weiter an unser Kind im Glas. Ich zündete mir gerade eine Zigarette an, als mir einfiel, dass wir keine Luftlöcher in den Marmeladenglasdeckel gestochen hatten – und wurde wach.

Diese Angstträume und Zwangsvorstellungen haben mit der Zeit ihre Eindringlichkeit verloren. Teresa und ich sind inzwischen an die neue Verantwortung gewöhnt. Deswegen bilde ich mir jedoch nicht ein, die Ängste wären verschwunden. Sie lauern bloß in tieferen Schichten, das wird in wiederkehrenden Schreckmomenten allzu klar.

Im Grunde, das denke ich gerade nach der Erfahrung im Krankenhaus, gibt es wohl nur ein unerträgliches Leid: das Unglück, das den eigenen Kindern zustößt. Darum ist die Angst um das Kind so monströs; die Vorstellung des eigenen Todes im Vergleich zu allem, was ihnen Schlimmes widerfahren könnte, geradezu niedlich. Mit Kindern öffnet man eine Flanke, die niemals ganz zu schließen sein wird.

Eltern sind unausdenklich verletzlich. Das hört nicht

auf, weil die eigenen Kinder erwachsen sind. Ich machte mir das nicht klar, als meine Mutter und mein Vater zu mir ins Krankenhauszimmer traten.

Ich hatte mit meiner Mutter gleich am ersten Tag nach meiner Einlieferung telefoniert und sie über meine Lage so unaufgeregt wie möglich in Kenntnis gesetzt. Es war eine Art offizielle Meldung gewesen, faktisch und unbeteiligt. Ich hatte ihre Emotionen gleich im Ansatz unterdrücken wollen.

Meine Mutter, das hat sie mir erst kürzlich erzählt, hatte das gespürt und während unseres Telefongesprächs mit ganzer Kraft ihren Impuls unterdrückt, einfach laut aufzuschreien. Sie hatte immer nur gedacht: »Nicht schreien, nicht schreien!«, und darüber gar nicht richtig verstanden, was ich ihr gesagt hatte. Mein Vater hatte kurz darauf noch mal anrufen müssen, um zu erfahren, was eigentlich genau vorgefallen war. Er hatte ruhig und gefasst geklungen. Ich war erstaunt, als mir meine Mutter erzählte, er habe nach unserem Telefonat selbst laut aufgeschrien.

Als ich meine Eltern begrüßte, war mir sicherlich bewusst, irgendwie, dass es für sie nicht leicht sein konnte, ihr Kind auf der *Stroke Unit* zu besuchen. Aber daraus folgte wenig Empathie. Sie sollten meine Erkrankung nicht zu ernst nehmen. Ich würde diese Sache regeln, wie ich meine Angelegenheiten geregelt hatte, seitdem ich gleich nach der Schule ausgezogen war.

Ich bedachte nicht, was sie empfanden, als sie mich – schwach, verletzlich, an Monitore angeschlossen – im Krankenhausbett liegen sahen.

Mein Vater ging damit um, indem er im Wesentlichen über Belangloses sprach, unseren hergebrachten Umgang pflegte und sich ansonsten geduldete, bis sich vielleicht irgendwann von selbst mehr enthüllte.

Meine Mutter besaß nicht seine Geduld. Sie versuchte, in mich zu dringen, mir etwas über mein Leid zu entlocken, sie wollte meinen Schmerz spüren und meine Wunde sehen, damit sie das Ausmaß des Schadens einschätzen und an der Heilung arbeiten konnte.

Ich aber hätte vielmehr gerne von meiner Verwunderung darüber erzählt, dass mir die Aussicht zu sterben weniger schrecklich vorkam, als ich mir das vorgestellt hatte. Ich wollte nicht getröstet, schon gar nicht bemuttert werden, und das machten meine Blicke, Gesten, meine ganze Haltung vermutlich überdeutlich.

Meine Mutter verkrampfte. In ihrer Hilflosigkeit, wie sie mit diesem erwachsenen kranken, mal wieder missmutigen Sohn, den man aber unbedingt schonen musste, nun eigentlich umgehen sollte, begann sie zu reden. Sie erzählte, wie sie sich Weihnachten in unserer Wohnung vorstellte, womit sie Teresa unterstützen würde, von dem frappierenden Entwicklungssprung ihres Enkels, der beschwerlichen Anreise auf übervollen Straßen, vor allem erzählte sie von einer entfernten Bekannten aus Selm, meiner Heimatstadt, die vor einiger Zeit ebenfalls eine Blutung im Kopf erlitten hatte, daraufhin eine Zeit lang erst im Rollstuhl gesessen hatte und dann noch ein Jahr an Krücken gelaufen war.

Ich vermutete, meine Mutter hielt diese Geschichte für erbaulich. Schließlich hatte die Blutung der Bekannten – was meine Mutter aber zu erwähnen vergaß, erst mein Vater stellte das klar – letztlich zu keinen bleibenden Schäden geführt.

Was hatte dieser Fall mit mir zu tun? Noch saß ich nicht im Rollstuhl, lief ich nicht an Krücken.

Ich tat nichts, um es meiner Mutter leichter zu machen, ich half ihr nicht, mich zu verstehen. Ich wollte, dass sie es von sich aus ahnte, spürte und verstand.

Ich war beleidigt. Sie hatte Angst.

Die Tür ging auf, und es wurde ein neuer Patient hereingeschoben, ein lautstark telefonierender Türke, der offenbar noch im rollenden Krankenbett seine Geschäfte erledigte und einen ganzen Schweif an besorgten Angehörigen hinter sich herzog.

In der nun einkehrenden Unruhe war ein wirkliches Gespräch vollends unmöglich. Meine Eltern saßen noch eine Weile an meinem Bett. Mein Vater wirkte müde. Er war gerade erst sieben Stunden auf der überfüllten Autobahn gefahren und hatte vermutlich in den letzten Nächten noch schlechter und weniger als sonst geschlafen. Er hatte Probleme mit dem Herzen. Ich wollte ihn auf keinen Fall neben mir auf der *Stroke Unit* liegen sehen. Ich gab vor, bald schlafen zu wollen, damit er zur Ruhe kommen konnte.

Meine Mutter nahm mich zum Abschied in den Arm; während ich ihre Wange an meiner spürte, versuchte ich nachzuempfinden, was ich als Dreijähriger gefühlt haben musste, als ich mit ihr, meiner schönen zwanzigjährigen Mutter, geschmust hatte. Ich konnte mich an unsere Küsse erinnern, nur stellten sich keine Gefühle mehr dazu ein. Allerdings galt das für viele meiner Erinnerungen. Die Vergangenheit war für mich weitgehend nicht mehr sehr lebendig.

Auf der Türschwelle drehten sich beide noch einmal nach mir um. Sie wirkten ungläubig, als könnten sie nicht fassen, dass aus ihrem Kind ein mittelalter kranker Mann geworden war.

Dann war ich mit meinem neuen Zimmernachbarn allein, er telefonierte noch immer. Offenbar besaß er mehrere Imbisse und scheuchte seine Angestellten auch noch aus dem Krankenbett umher. Ich wartete, ob er von sich aus damit aufhören würde. Doch sobald er ein lautes Telefonat beendet hatte, begann er sogleich das nächste. Ich versuchte, darüber hinwegzusehen – vergeblich. Seine Rücksichtslosigkeit ärgerte mich von Minute zu Minute mehr. Irgendwann hielt ich es nicht mehr aus und rief: »Entschuldigung … Entschuldigung!«, und wedelte dabei aufgeregt mit meinem gesunden Arm.

Er hielt überrascht inne, verdeckte das Mikrofon seines Telefons und machte ein fragendes Gesicht.

Ich erklärte es ihm. Er entschuldigte sich daraufhin aufrichtig, beendete das Telefonat, blickte sich im Zimmer um und seufzte laut. »Ich habe für das hier gar keine Zeit.« Er schüttelte betrübt den Kopf, steckte sich Kopfhörer in die Ohren und schloss die Augen.

Meine Scham über meine Empörung vermischte sich

mit dem Unbehagen, das ich wegen meines Verhaltens gegenüber meinen Eltern empfand. Vielleicht war ich deswegen so gerne allein. Man hatte dann weniger oft das Gefühl, ein Idiot zu sein.

26 | Es war noch dunkel, als plötzlich das Licht anging. Eine Schwester und ein Pfleger kamen herein und verkündeten in einem leicht hysterischen Ton, ich werde nun in ein wunderbar ruhiges Zimmer verlegt. Ich schaute auf die Uhr: Es war vier Uhr in der Früh.

Inzwischen lagen wieder drei Patienten mit mir in dem großen, von den pumpenden Blutdruckmessmanschetten dröhnenden Raum. Es herrschte hier, das lag in der Natur von Schlaganfällen, ein ständiges Kommen und Gehen. Offensichtlich wurde mein Bett für einen akuteren Fall gebraucht.

Ich sagte mir, ich sollte froh über die Verlegung sein. Grob überschlagen, durfte die Wahrscheinlichkeit eines Weiterblutens sechzig Stunden nach dem ersten Auftreten kaum höher als fünfzehn Prozent sein. Gleichwohl erschien mir der Umzug als ein Abstieg. Ich hatte mich zwei Tage mit geschärften Sinnen in einer Art Todeszone aufgehalten und war dort Elementen ausgesetzt gewesen, die in gemäßigteren Höhen nicht vorkamen. Es erschien mir als eine Zumutung, mit meinem Leben, als wäre nichts gewesen, nun einfach in der Ebene weitermachen zu sollen.

Mein Missmut wurde durch die neue Zimmersituation noch angefacht. Man parkte mich in einem Raum, der in meinen Augen kaum groß genug für eine Einzelbelegung war, in dem jedoch bereits jemand am Fenster lag, unmittelbar neben der Tür zum Bad.

Mein Zimmernachbar war wach, saß mit einem Kopfhörer über den Ohren aufrecht in seinem Bett und starrte hoch zu dem kleinen Fernseher, auf dem ein Match der Dartweltmeisterschaft lief. Ich glaube, er schaute während der ganzen Verlegungsprozedur, bei der mein Spind eingeräumt, mein Bett festgestellt und mir mein Nachtschränkchen aus dem anderen Zimmer hinterhergerollt wurde, nicht einmal zu mir herüber.

Er lebte erst auf, als noch vor dem Frühstück die Visite kam. Beim Anblick des jungen Arztes riss sich mein Zimmernachbar den Kopfhörer herunter und zog sogleich den Reißverschluss seiner Fleecejacke auf. Er trug nichts darunter. Ich war überrascht, wie dick er war. Sein Gesicht war schmal wie bei einem schlanken Mann. Doch sein Oberkörper bestand aus sich übereinandertürmenden Speckrollen.

Sein Gespräch mit dem Arzt machte klar, warum er so verschlossen gewesen war. Er hatte erst im Krankenhaus mit dem Rauchen aufgehört. Er bat als Erstes um ein neues Nikotinpflaster. Als der Arzt ihm eins reichte, fragte er mit einer vor Gier bebenden, überraschend hohen Stimme, ob ihm ausnahmsweise sogar ein zweites zugebilligt werden könne. Der junge Arzt, ganz offenbar vom devoten Ton geschmeichelt, überließ ihm augenzwinkernd einen, wie ich fand, für seine generöse Attitüde viel zu kleinen Stapel aus vielleicht drei oder vier Pflastern. Dann wandte er sich mir zu.

»Die *Stroke Unit* haben Sie ja schon mal überstanden. Glückwunsch! Nun brauchen wir Ihr Blut.« Er verstummte und trat, als wäre er aufgeregt, von einem auf das andere Bein und schaute mich dabei unangenehm gespannt an.

Ich wusste nicht was sagen. »O ja?«

Meine Reaktion schien ihn nicht ganz zufriedenzustellen. Aber das war mir recht, denn er wurde sachlicher. »Wir werden es einem umfassenden Vaskulitis-Labor unterziehen, um eine Autoimmunerkrankung auszuschließen, die die körpereigenen Gefäße angreift. So wie bei uns, das verspreche ich Ihnen, wurden Sie in Ihrem Leben noch nicht auf den Kopf gestellt.«

Ich hatte den Eindruck, der junge Arzt, der sich schon mit den Nikotinpflastern so aufgespielt hatte, erwartete, dass ich mich für den Einsatz solcher Ressourcen zur Überprüfung meiner Gesundheit wahnsinnig dankbar zeigte. Aber eine Blutuntersuchung schien mir weder besonders aufwendig noch außergewöhnlich. Ich sah ihn an und sagte immerhin: »Bravo.«

Beim Blutabnehmen wirkte er leicht missmutig.

27| Mit dem Frühstück wurden mir erstmals auch Medikamente serviert, zwei Pillen in einem kleinen durchsichtigen Becher, von denen die eine meinen Blutdruck senken und die andere mich beruhigen sollte.

Mein Blutdruck war vor mehr als 48 Stunden kurz in die Höhe geschossen, als der Oberarzt mir unvermittelt die Gefahren und möglichen Folgen einer Hirnblutung anschaulich gemacht hatte. Danach aber hatten die Monitore auf der *Stroke Unit* keinen besorgniserregenden Anstieg mehr registriert. Ich hatte zwei aufwühlende Untersuchungen hinter mir. Bestimmt hatte ich dabei hohen Blutdruck gehabt. Aber das konnte kein Arzt wissen, niemand hatte mich währenddessen kontrolliert. Nun standen keine Untersuchungen mehr an. Die Medikamente waren durch nichts anderes als das kurze Gespräch mit dem Oberarzt indiziert. Allein das war fragwürdig. In jedem Fall bekam ich sie zwei Tage zu spät.

Ich nahm sie trotzdem.

Mein Bettnachbar starrte sein Frühstück an, das aus einer Scheibe Schwarzbrot, einem Klecks Hirtenkäse, einem Magermilchjoghurt und einem Apfel bestand. Er musste nicht nur das Rauchen aufgeben, sondern augenscheinlich auch strenge Diät halten. Ich spürte förmlich, wie ihm das zu denken gab. Ich strich Butter und Aprikosenmarmelade auf eine Brotscheibe und fragte: »Nicht hungrig?«

Ich wollte ihn mit diesem etwas blöden Scherz aus der Reserve locken; er war aber zu keinen Späßen aufgelegt.

»Warum soll ich nicht hungrig sein?« Seine Stimme klang vorwurfsvoll.

Ich bemerkte seine Blicke, mit denen er den Aufschnitt auf meinem Teller anschmachtete. Ich würde davon nichts anrühren, konnte ihm aber auch nichts anbieten. Käse und Wurst mochten Gift für ihn sein.

»Schlaganfall?«

Er nickte und blickte weiter wie gebannt auf meine zwei Wurst- und Käsescheiben. Ich hielt es für möglich, dass er die Beherrschung verlieren und einfach zugreifen würde. Darum legte ich den gesamten Aufschnitt auf ein Brot und biss hinein.

Er zuckte zusammen und sah mich mit traurigen Augen an. »Vorgestern. Auf der Arbeit. War gerade zum Ausladen auf dem Rollfeld. Kann mich an kaum etwas erinnern. Kollegen haben erzählt, dass ich plötzlich flach neben den Koffern auf der Erde lag. Die Ärzte sagen, ich habe sehr viel Glück gehabt. Auf dem Flughafen gibt es eine Ambulanz. Wurde sogleich wiederbelebt. Wäre das zu Hause oder wo auch immer passiert, gäbe es mich jetzt nicht mehr.«

»Das klingt tatsächlich nach Glück.«

»Meint meine Frau auch. Ich habe ihr deshalb auch versprochen, dass ich mache, was die Ärzte sagen. Die verlangen, dass ich aufhöre zu rauchen und praktisch auch aufhöre zu essen. Nur atmen darf ich noch.«

»Das ist ja auch was.«

»Ja, schon. Nur wo wird das enden? Ich bin 41.«

Ich sah ihn verblüfft an. War er tatsächlich jünger als ich?

Mein hungriger Zimmernachbar stand nicht nur vonseiten der Ärzte unter Beobachtung. Seine Frau tauchte gleich nach dem Frühstück mit einem Stapel Illustrierten auf und ließ sich statt auf den einzigen Besucherstuhl auf das Fußende seines Betts nieder. Die kommenden Stunden blätterte sie in ihren Zeitschriften. Offenbar traute sie seiner Willensstärke nicht.

Soweit ich das beurteilen konnte – ich war allerdings über längere Zeit auf den Fluren und in der großen Halle unten unterwegs, und sie mochten meine Abwesenheit genutzt haben, um sich auszusprechen –, wechselten die beiden dabei kein Wort. Ich war unschlüssig, ob ich das als Zeichen ihrer tiefen Entfremdung oder im Gegenteil als Ausdruck ihrer großen Innigkeit deuten sollte. Wann immer ich sie ansah, schien das eine wie das andere plausibel. Aber wahrscheinlich, dachte ich dann, war es einfach etwas in der Mitte: Sie waren einander unverbrüchlich zugetan, ohne in der Gegenwart des anderen noch etwas Bemerkenswertes zu empfinden; sie waren einander nicht gleichgültig, hatten sich bloß in so umfassender Weise an den jeweils anderen gewöhnt, dass ihr Zusammensein für sie selbstverständlich wie Atmen, Essen und Aufs-Klo-Gehen war.

Ich hoffte, Teresa und ich würden auch noch in zehn, fünfzehn, zwanzig Jahren achtsamer miteinander sein. Andererseits, das war mir klar, war eine Ehe nicht in einem ganz schlechten Zustand, wenn man es noch einen Tag lang miteinander im Bett aushielt.

28| An diesem Morgen wollte ich endlich wieder duschen. Für die Patienten der Station gab es zwei Bäder, das eine war wegen Reparatur verschlossen und das andere belegt. Ich wartete mit dem Handtuch über der Schulter lange davor. Nach einer Weile floss unter dem Türspalt seifiges Duschwasser hindurch, das sich in der Mitte des Flurs zu eine großen Pfütze sammelte. Ich beobachtete interessiert, wie sie immer größer wurde.

Eine Schwester, die das Wasser bemerkte, nahm einige Bettlaken von einem Wäschewagen und legte sie gleichmütig auf dem Boden aus. Dazu stellte sie, es wirkte routiniert, ein gelbes Dreieck, das vor der Rutschgefahr warnte.

Nach bestimmt mehr als zwanzig Minuten endlich ging die Badezimmertür auf, und ein sehr dicker, sehr alter, schwer schnaufender Mann trat heraus. Ich hatte vor der geschlossenen Tür Gewaltfantasien gegen den nachlässigen Duscher entwickelt und musste mich zusammenreißen, ihn nicht anzufahren.

Ich hätte es bitter bereut. Denn sobald ich erst selbst in der viel zu kleinen Dusche – ohne Badelatschen, ich besaß gar keine – auf einer fleckigen, bestimmt auch schimmeligen, die Rutschgefahr zwar vermindernden, dafür vielleicht eine Reihe von Infektionsbazillen nährenden Schaumstoffmatte stand, erkannte ich das Problem. Die Duschtür war defekt und ließ sich nicht schließen; da der Duschkopf fehlte, duschte man mit einem dicken Strahl direkt aus dem Schlauch, sodass man, selbst wenn man sehr achtsam war, das Bad unweigerlich mit Spritzwasser flutete. Ein Gefälle sorgte immerhin dafür, dass die Überschwemmung unter der Tür in den Flur abfloss.

Ich trocknete mich vor einem Ganzkörperspiegel ab, der zunächst noch von Wasserdampf beschlagen war, aber in der wenigstens einwandfrei laufenden Lüftung schnell aufklarte. Ich musterte meinen nackten Körper, was ich sonst eigentlich nie tue. Solange ich alleine lebte, hatte ich in meiner Wohnung bloß eine zerbrochene Spiegelfliese an einer Wand im Badezimmer gehabt. Ich hatte irgendwann in meinen frühen Zwanzigern meinen Körper akzeptiert. Seitdem hatte er mich nicht mehr sehr beschäftigt oder interessiert. Ich kenne seine Mängel. Es gibt Schnappschüsse von mir in Badehose, die mich den halbherzigen Vorsatz fassen lassen, mehr und gezielter Sport zu treiben. Aber abgesehen von solchen kurzen Momenten der Irritation nehme ich meinen Körper, wie er ist, und bin, im Großen und Ganzen, zufrieden mit ihm.

Vor dem großen Spiegel im Krankenhausbad aber betrachtete ich ihn lange wie gebannt. Als junger Mann und bis weit in meine Dreißiger war ich sehr schlank gewesen. Schlank zu sein hatte immer selbstverständlich zu meinem Selbstbild gehört. Nun war ich nicht dick, aber doch irgendwie massig. Zum Teil hatte ich durch die Liegestütze, die ich zum Ausgleich für das viele Sitzen am Schreibtisch mehrmals am Tag machte, einige Muskeln aufgebaut. Zum Teil hatte ich einfach Fett angesetzt. Teresa nannte mich manchmal im Scherz *den Mann aus Stahl im Futteral.*

Ich konnte es nicht leugnen, es gab Anzeichen des unabwendbaren Niedergangs. Mein Fleisch an den Armen beispielsweise war nicht mehr wie aus sich selbst heraus gerundet und gespannt. Ich hatte das Maß an natürlicher körperlicher Anmut, das ich mit Mitte zwanzig in Ansätzen besessen haben mochte, verloren. Ich sah das – und fand es als ästhetisches Phänomen interessant. Davon abgesehen ließen mich die Anzeichen des Alters ungerührt. Auch wenn ich meinen Körper mein ganzes Leben lang kannte, in ihm lebte und wohl von ihm nicht zu trennen war, waren er und ich, das wurde mir in diesem Moment vor dem Spiegel klar, für mich nicht identisch. Ich empfand meinem Körper gegenüber Distanz, so wie ich gegenüber allem Distanz empfand, das mir fremd war. Ich konnte mir jedenfalls seinen allmählichen Verfall, sogar seine Verwesung im Grab ohne Wehmut vorstellen.

29| Am frühen Nachmittag besuchte mich meine Familie. Die wachsame Frau meines Zimmernachbarn hockte noch immer auf dem Bett ihres Mannes. Daher ging ich mit meinen Eltern, meiner Schwester und Teresa, die unseren Sohn trug, weil ich ja noch immer nur einen Arm gebrauchen konnte, in den zwar wenig einladenden, dafür aber eigentlich immer menschenleeren Aufenthaltsraum bei den Fahrstühlen.

Meine Mutter hatte eine Kerze, eine Tischdecke, eine immergrüne Topfpflanze, Kaffee und selbst gebackenen Schokoladenkuchen in einer Korbtasche dabei. Sie war auch unter den eher widrigen Umständen, in diesem voll verglasten, heruntergekommenen, zugigen Besucherraum eines baufälligen Neuköllner Krankenhauses, bemüht, eine festliche Stimmung zu schaffen.

Ich hätte es nicht gebraucht, ich fühlte mich in der klinischen Atmosphäre behaust, gerade weil sie so kühl und zweckmäßig war; das Bemühen meiner Mutter um Heimeligkeit bedrückte mich eher. Aber ihr tat es wohl, und mein Kind sah den Kuchen, die flackernde Flamme mit leuchtenden Augen an.

Ich weiß nicht mehr, worum sich die Gespräche drehten. Ich vermute, ich saß in mich versunken dabei, ohne wirklich zuzuhören. Ich dachte stattdessen zum ersten Mal seit vielen Jahren wieder an meinen dreißigsten Geburtstag.

Ich war bis kurz vor Mitternacht alleine auf einem Bob-Dylan-Konzert gewesen. Kurz vor zwölf war ich zurück in meiner Wohnung, zündete mir eine Kerze an und hörte bei einer Flasche Wein *Standing In The Doorway*. Die Zeilen *I got no place left to turn, I got nothing left to burn* sprachen mir aus dem Herzen. Ich hatte mich wenige Wochen zuvor von meiner Freundin getrennt und gleichzeitig eine lukrative Anstellung abgelehnt. Ich war entschlossen, es als freier Autor irgendwie zu schaffen, dabei hatte ich überhaupt noch kein einziges Wort veröffentlicht. Meine Ersparnisse reichten nicht weiter als drei oder vier Monate.

Mein Impuls in dieser Lage war: Keinen an mich heranlassen. Ich war fokussiert und angespannt. In dieser Verfassung war ich, das wusste ich, für niemanden ein Umgang. Ich hatte meine Eltern deshalb mehrfach gebeten, von einem Geburtstagsbesuch abzusehen.

Sie kamen trotzdem.

Ich war abweisend und missmutig. Aber sie nahmen meine Laune, nahmen vor allem mich nicht allzu ernst und waren, so kam es mir jedenfalls vor, nur umso ausgelassener, je mürrischer ich mich gab. Sie hatten mit mir ihren Spaß.

Ich weiß nicht mehr, wie wir den Tag verbrachten, aber ich erinnere mich genau, dass wir abends in meine

Wohnung zurückkehrten, wo meine Mutter plötzlich eine Single mit einem Schlager über einen gewissen *Martin* auflegte, das gesungene Pendant zu einer Namenstasse. Das Lied gab es zweifellos in zahlreichen Versionen mit den gängigsten Vornamen und war in jeder Hinsicht das absolute Gegenteil von *Standing In The Doorway*. Ich hörte den dumpf-treibenden Vier-Viertel-Schlagertakt, sah meine Familie jedes Mal lachend die Arme in die Höhe reißen, wann immer im Refrain mein Name erklang, und kämpfte mit den Tränen. Alles, ausnahmslos alles in meinem Leben war anders, als ich es haben wollte. Für einen Moment zerfloss ich innerlich vor Selbstmitleid. Dann aber sah ich mich so, wie mich wohl meine Familie sah: ein Dreißigjähriger, der sich noch immer so ernst nahm wie ein Teenager. Ich war jämmerlich. Ich sah es ein und konnte plötzlich wieder über mich selbst lachen.

Mein Vater legte seine Hände auf die Schulter meiner Mutter, meine Mutter die Hände auf meine Schulter, und ich packte meine kleine Schwester und schob sie vor mir her. Wir tobten als Polonaise durch die Wohnung. Ich weiß heute nicht, wann ich mir selbst näher war: während meiner einsamen Mitternachtsfeier zu *Standing In The Doorway* oder während ich hoppelnd das alberne Martinslied mitgrölte. Ich weiß nur, dass ich bis heute an diese Familienpolonaise denke, wann immer ich mich an meinen dreißigsten Geburtstag erinnere, und im Rückblick meinen Eltern dankbar bin, wie sie mir über diese üblicherweise Panik auslösende Schwelle im Leben hinweggeholfen haben. In ihren besten Momenten besitzen sie einen mitreißenden Schwung.

An diesem trüben Dezembernachmittag im Krankenhaus, konfrontiert mit ihrem kranken Kind, fiel es ihnen verständlicherweise schwer, gute Laune zu verbreiten. Mein Missmut machte es ihnen nicht leichter. Ich ging mir längst selbst auf den Nerv. Dabei hatte ich mir fest vorgenommen, mich zusammenzureißen.

Es gelang mir so eben, nicht offen unfreundlich zu werden. Ich ließ die Unterhaltungen an mir vorbeiziehen, nahm meinen Sohn, dem ich, seit er mich am Vortag verkabelt in dem Intensivmedizinbett gesehen hatte, nicht mehr ganz geheuer war, auf den Schoß und erzählte ihm, wie ich im Krankenwagen mit Sirene gefahren war. Er hörte eine Weile aufmerksam zu, wollte dann aber wieder lieber zu Teresa.

Ich begann mich zurück in mein Bett zu sehnen, um ungestört an die Decke starren und mich dem inneren Wogen meiner Gedanken überlassen zu können. Gerade als diese Sehnsucht zur Ungeduld anwuchs, fing meine Mutter erneut an, von ihrer Bekannten mit der längst überstandenen Hirnblutung zu erzählen.

Ich konnte nicht an mich halten und fuhr ihr über den Mund.

Ich bemerkte nicht sogleich, wie getroffen sie von meinen harschen Worten war. Aber irgendwann fiel mir auf, dass sie, obwohl sie nur kurz etwas heißes Wasser aus dem Schwesternzimmer hatte holen wollen, zu lange fortblieb. Ich ging, um nach ihr zu schauen.

Sie stand abseits im Flur und starrte in den trüben

Nachmittag. Als ich näher trat, sah ich den feuchten Film auf ihren Augen.

Mit meinen Eltern wechsele ich bei aller Liebe eigentlich nie ein zärtliches Wort. Wir zeigen unsere Gefühle nicht direkt, innere Bewegung, aufgeregte Gebärden, Vertraulichkeiten sind, jedenfalls mir, in unserem Umgang peinlich. Aber nun, das spürte ich, konnte ich nicht einfach wegsehen und so tun, als wäre nichts. Für einen Moment geriet ich in einen inneren Taumel, dann gab ich mir einen Ruck, trat auf meine Mutter zu und berührte sie unbeholfen am Arm.

»Das wollte ich nicht. Es war nur ... Es tut mir leid.«

Ich hatte mich noch nie bei meiner Mutter für irgendetwas entschuldigt.

Sie sah mich an, weniger bewegt, als ich es erwartet hatte. Aber durch meine Worte war eine Form der Nähe entstanden, mit der wir nun umzugehen hatten.

Meine Mutter reagierte zuerst – und wiegelte ab. Sie schob ihre Reaktion auf die Umstände, den fehlenden Schlaf. Normalerweise hätte ich dieses Angebot, einem unbehaglichen intimen Moment mit meiner Mutter auszuweichen, dankbar angenommen. Doch diesmal wollte ich nicht ausweichen. Ich wiederholte deshalb noch einmal mit Nachdruck, wie leid mir mein Verhalten tue, und versuchte ihr zu erklären, warum es mich so wütend machte, wenn sie von ihrer Bekannten sprach, die ich nicht kannte, mich aber gleichzeitig überhaupt nichts fragte.

»Ich weiß« oder »Ich verstehe das«, fiel sie mir ins

Wort, aber ich dachte, das stimmte nicht, sie wusste nicht, sie verstand nicht.

In mir kochte erneut die Wut. Warum wollte sie eine wirkliche Begegnung, einen wirklichen Austausch nicht zulassen?

Es dauerte, bis ich begriff.

Zunächst versuchte ich noch, in sie zu dringen, ihr eine Nähe aufzuzwingen, die aber, nach den vielen Jahren, in denen wir in wohlwollender Halbdistanz zueinander geblieben waren, nur gekünstelt sein konnte. Doch dann ging es mir auf. Sie sah die Sache, wenn auch nur intuitiv, vermutlich folgendermaßen: Sie war meine Mutter, ich ihr Kind. Diese Beziehung entwickelte sich besser nur bis zu einem gewissen Punkt. Spätestens nachdem ich meine Zwanziger erreicht hatte, ertrug sie vielleicht noch die eine oder andere Feinjustierung, vor allem nach der Geburt des Enkels. Erst wenn Kinder selbst Eltern werden, fangen sie ja an, die eigenen Eltern zu verstehen. Aber davon abgesehen bliebe das Verhältnis besser statisch. Denn dynamische Beziehungen sind lebendig und zerbrechlich. Es wäre unverantwortlich, so etwas im engsten Familienkreis zu riskieren. Meine Mutter wusste das auf ihre Weise nur zu gut. Sie hatte Freunde, Verwandte und Bekannte, die mit ihren Kindern, Geschwistern, ihren Eltern aus verhältnismäßig nichtigen Anlässen, aber immer aus verletzten Gefühlen endgültig gebrochen hatten und kein Wort mehr miteinander sprachen, oft genug nicht einmal kurz vor ihrem Tod.

Ich sah jetzt schweigend mit meiner Mutter aus dem

Fenster, behielt sie bloß so gerade noch in den Augenwinkeln und hatte wohl zum ersten Mal seit der Kindheit wieder ein starkes Gefühl von Zusammengehörigkeit. Sie wäre, im Rahmen ihrer Möglichkeiten, immer für mich da. Noch unbedingter vermutlich als Teresa. Denn die Loyalität zwischen Mann und Frau setzte immer einen Rest an lebendigen Gefühlen voraus. Die Loyalität meiner Mutter war anders, dachte ich, sie setzte keine Liebe, wahrscheinlich nicht einmal Sympathie voraus. Sie bestand aus etwas Tieferem als Gefühlen. Selbst dann, wenn ich ihr menschlich völlig fremd geworden wäre und sie mich sogar nicht mehr ausstehen könnte, gäbe sie mich nicht auf. Einfach weil ich ihr Kind war.

Ich blickte sie an und lächelte. Meine Mutter lächelte auch, aber mit schmalen, traurigen Augen. In diesem Moment glaubte ich nachzufühlen, was sie empfand.

»Ich besorge wohl mal das Wasser«, sagte sie.

»Weißt du wo?«

Sie nickte und berührte mich am Unterarm.

Ich sah meiner Mutter nach und dachte, in Wahrheit wusste ich überhaupt nichts davon, wie es in ihr aussah.

30| Es musste die Langeweile sein. Seitdem ich im Krankenhaus lag, trank ich Unmengen an Wasser, sicher fünf oder sechs Flaschen jeden Tag. Ich hatte, weil mir diese Bevorratung ein zwar lächerliches, aber eben doch auch tröstliches Gefühl von Geborgenheit verschaffte, drei Flaschen Mineralwasser in meinem Nachttisch verstaut für den ganz unwahrscheinlichen Fall, der Nachschub an Wasserflaschen könnte über die Feiertage ins Stocken geraten oder gar ausfallen. Um meinen Vorrat unangetastet zu lassen, ging ich noch vor dem Frühstück mit meinen zwei über Nacht geleerten Flaschen bis ans Ende des Flurs, wo beruhigend viele und überwiegend noch ganz volle Wasserkisten auf einem Rollwagen gestapelt waren. Als ich mit zwei neuen Flaschen zurückging, wurde ich angerempelt. Mir war sogleich klar, diese Gestalt mit dem Kapuzenpullover unter der schwarzen, schlecht sitzenden Lederjacke konnte nichts Gutes verheißen.

Wieder im Zimmer, sah ich meinen Bettnachbarn an, der gerade mit großen Augen aus dem Bad getreten war.

»Der da … war da … da an deinem Schrank.«

Er zeigte mit ausgestrecktem Arm auf meinen Nachttisch. In der Schublade befanden sich meine Brieftasche mit bestimmt 250 Euro, allen Ausweisen und Karten sowie mein Telefon. Ich zog die Schublade auf. Mir flimmerte vor den Augen. Es dauerte einen Moment, bis ich sah, dass nichts gestohlen war. Ich setzte mich auf mein Bett und atmete tief und gleichmäßig, sprang aber schon nach einigen Augenblicken wieder auf und lief zur Tür hinaus. Von dem Kapuzenmann war nichts zu sehen. Ich ging aufs Geratewohl den Flur entlang, bis ich auf eine völlig andere Station gelangte, auf der ich noch nie gewesen war. Dort kam mir eine Schwester entgegen und rief aufgeregt: »Haben Sie ihn gesehen?«

Ich wusste sogleich, wen sie meinte, obwohl es mir ein Rätsel blieb, warum sie wusste, dass ich dem Kapuzenmann auf der Spur war.

»Ja. Aber nicht hier. Dort.« Ich wies in Richtung *Stroke Unit*.

»In vier Zimmern ist schon was weggekommen, Portemonnaies, Handys. Wir sagen den Patienten zwar, sie sollen aufpassen. Aber irgendwer ist immer nachlässig.«

Ich erinnerte mich an den Aushang im Krankenzimmer, der vor Diebstählen warnte und anriet, den Safe zu benutzen.

»Ja, ich weiß.«

Ein Mann im Bademantel trat hinzu. Es war ihm offenbar unmöglich, seine Ansichten über die Diebe für sich zu behalten. »Die gehören alle zur Libanesen-Mafia. Flüchtlinge, die sich ein wenig Geld hinzuverdienen wollen und zu spät merken, worauf sie sich da eingelassen haben.«

Die Schwester nickte heftig. »Ja, so ähnlich hat die Polizei uns das auch erklärt.«

»War die Polizei da?«

»Der Wachdienst hat vor zwei Stunden nach ihr gerufen. Aber vor Mittag taucht hier bestimmt niemand von denen auf.«

Ich wusste nicht, ob sie mich auf den Arm nahm und fragte nach.

Die Schwester lachte auf, es schien sie zu amüsieren, mit mir an jemanden geraten zu sein, dem sie ein paar Illusionen nehmen konnte.

»Und wenn die auftauchen, nehmen sie auch bloß die Anzeige auf. Die Verfolgung der Täter ist ihnen viel zu mühsam. Dafür gäbe es ja den Wachdienst, sagen sie.«

Ich verabschiedete mich von der Schwester und dem Mann im Bademantel und lief weiter die Flure entlang. Als ich wieder an einem Wagen mit Mineralwasserkisten vorbeikam, griff ich mit der linken Hand nach einer Flasche, um mich im Fall der Fälle damit verteidigen zu können.

Mich hatte eine Art Jagdfieber gepackt, mein Herz klopfte stark. Je heftiger es schlug, desto unverwundbarer fühlte ich mich.

Ich war, denke ich, leicht übergeschnappt.

Zweimal kam ich dem Kapuzenmann noch nahe,

jedenfalls traf ich auf Krankenhauspersonal, das ihn gerade erst gesehen haben wollte. Dann lief ich dem Wachdienst in die Arme, zwei schweren, quadratischen Arabern, die dem Dieb seit zwei Stunden vergeblich hinterhergelaufen waren und mich, sobald sie begriffen, was ich im Sinn hatte, eindringlich zurechtwiesen. »Wegbleiben. Wir sind dran.«

Ich ging in die nahe Cafeteria und bemerkte an der Kasse, dass meine Brieftasche mit meinem ganzen Geld ja noch immer in der Schublade meines Nachttischs lag, die jetzt vermutlich einladend offen stand. Statt sogleich zurück in mein Zimmer zu gehen und meine Wertsachen an mich zu nehmen, setzte ich mich an einen Tisch, legte die Stirn in meine Hand und lächelte. Was war gerade passiert?

Hatte ich, drei Tage nach einer Hirnblutung, mit nur einem gesunden Arm und bewaffnet mit einer Flasche Mineralwasser, dazu im körperlichen Kampf völlig unerfahren, einen viel jüngeren Mann, der nichts zu verlieren hatte, für den es aber gleichzeitig um alles ging, wirklich überwältigen wollen? Fehlte mir, nachdem die unmittelbare Bedrohung durch die Blutung in meinem Kopf vorüber war, einfach die akute Gefahr? Hatte ich eine Art *horror vacui* angesichts meines plötzlich wenig aufregenden Klinikalltags empfunden?

Ich bemerkte die Frau, die irgendwann anstelle des Junkies mir gegenüber auf der *Stroke Unit* gelegen hatte. Sie aß ein Stück Bienenstich mit Schlagsahne und dazu eine Tafel Schokolade, von der sie, sooft sie mit der Gabel etwas Kuchen abgetrennt hatte, ein Stück abbrach und es oben auf den von Sahne verzierten Kuchenhappen legte. Ich war mir sicher, die Ärzte hatten sie auf eine strenge Diät gesetzt. Auf die eine oder andere Weise, dachte ich, wollen wir wohl alle spüren, dass wir leben.

31 | Teresa besuchte mich am Nachmittag. Wir waren zum ersten Mal, seitdem die Blutung aufgetreten war, allein, hielten uns bei den Händen und sprachen über Alltägliches. Es tat uns beiden gut, eine Art Normalität zu simulieren.

Ich bemerkte, wie behut- und einfühlsam sie war, dass sie meinen Rückzug in mich selbst, obwohl er ihr sicher zusetzte, respektierte, einfach weil er offenbar eine Notwendigkeit für mich war.

Mir wurde bewusst, wie viel schwerer die Situation für sie war als für mich. Ich konnte liegen und mich in ein geistiges Abenteuer hineinfantasieren. Sie musste funktionieren, unserem Sohn so viel Normalität wie möglich bieten, ein Weihnachtsfest organisieren, meinen Eltern, ihrem Bruder, meiner Schwester Gastgeberin sein, obwohl ihr doch sicher oft zum Schreien zumute war.

In der Nacht nach meiner Einlieferung, erfuhr ich, hatte sie abwechselnd an einem dringenden Gutachten geschrieben und geweint.

Ich war stolz darauf, ihr Mann zu sein.

Gleichwohl konnte ich mich nicht beherrschen und hielt ihr, gerade als wir uns voneinander verabschieden wollten, vor, andere Wechselwäsche mitgebracht zu haben als diejenige, um die ich sie gebeten hatte. Sie war fassungslos, ich spürte das. Immerhin waren wir möglicherweise gerade zum letzten Mal beisammen.

Auf einer Ebene fühlte ich mich trotzig im Recht. Ich hatte Teresa, kurz bevor sie kam, ausdrücklich um diese bestimmten Shorts gebeten, die viel besser saßen als die, die sie eingepackt hatte. Auf einer anderen hätte ich mich ohrfeigen können. Eben noch hatte uns der Strom unausgesprochener Liebe verbunden, warm und zart. Nun, nach meiner Bemerkung, war etwas Kaltes, Kantiges zwischen uns getreten und breitete sich aus.

Es gibt einen Teil in mir, der weder mitfühlend noch liebevoll ist, dem noch niemand nahe gekommen wäre, ohne dabei verletzt zu werden – und ausgerechnet darin halte ich mich, scheint es, bevorzugt auf, wenn ich ganz bei mir sein will.

32| Am Abend lag ich noch lange wach. Es fiel mir schwer, im Lichtflimmern des ununterbrochen laufenden Fernsehers einzuschlafen. Aber weil mein Bettnachbar schon Zigaretten und Essen aufgeben musste, hatte ich Hemmungen, ihn zu bitten, auch noch auf dieses letzte ihm verbliebene Vergnügen zu verzichten.

Es wurde Mitternacht. Ich hörte den Wind, der immer wieder einen Schauer aus Regentropfen gegen die Scheibe trieb, und beantwortete Textnachrichten von Freunden. Keiner von ihnen hatte mich bislang besucht. Einige hatten sogleich ihr Kommen angeboten, aber entweder standen sie mir, merkte ich, nicht nahe genug, um sie in meiner entrückten Stimmung zu empfangen. Oder ihr Angebot war so vage gewesen, dass sie sich im Grunde bitten lassen wollten, wozu ich mich aus Gründen der Selbstachtung nicht durchringen konnte.

Ich besaß keinen Freundeskreis. Es gab um mich keine Gruppe von Menschen, die sich untereinander kannten, in der sich die Nachricht von meiner Hirnblutung wie ein Lauffeuer verbreitet und die Sorge um mich hochgeschaukelt hätte. Ich war nicht Teil einer Gemeinschaft, die sich, nach und nach, ganz selbstverständlich um mein Bett eingefunden hätte.

Ich hatte verstreute Freunde, die ich einzeln traf. Es war die Art Umgang, die mir entsprach. Mich befremdete jedes Cliquenwesen. Dennoch fühlte sich der fehlende Kreis, der sich im Notfall um mich schloss, wie ein eigenes Versagen an. Fehlte es mir an Anziehungskraft und Liebenswürdigkeit?

33| An Heiligabend ging mein Zimmernachbar heim. Dabei galt es als unmöglich, eine Entlassung vor den Feiertagen zu erreichen. Doch seiner sonst so schweigsamen Frau gelang es irgendwie, einen der wenigen diensthabenden Ärzte, die man jetzt nur noch mit gesenktem Kopf über den Flur eilen sah, dazu zu bewegen, sich vor einen Computer zu setzen und einen Abschlussbericht zu schreiben.

Während sie in seinen Angelegenheiten unterwegs war, saß er neben seiner gepackten Tasche aufrecht auf seinem Bett, schaute aus dem Fenster und strahlte in seiner Unbeweglichkeit eine nervöse Anspannung aus.

Seine Frau kam zurück, schwenkte den Umschlag mit den Entlassungspapieren, griff sich die Reisetasche ihres Mannes und ging wortlos zur Tür hinaus. Er folgte ihr hastig – ohne sich von mir zu verabschieden.

Ich war perplex, entschied mich aber, diesen Abschied nicht persönlich zu nehmen. Immerhin war ich endlich wieder allein und würde es für die restliche Zeit meines Krankenhausaufenthalts auch bleiben. Ich hatte mit den Schwestern vereinbart, sobald mein Bettnachbar entlassen würde, einen Zuschlag für eine Einzelzimmerbelegung zu zahlen.

Ohne den dauerflimmernden Fernseher wirkte die Atmosphäre im Zimmer ungewohnt. Ich lag irritiert da und überlegte, ob ein neuer Zimmergenosse mir nicht guttun könnte.

Am frühen Nachmittag bekam ich Besuch von meiner Familie. Inzwischen war auch mein Schwager angereist. Wir saßen in meinem nun ohne das zweite Krankenbett einigermaßen geräumigen Zimmer bei Kerzenschein zusammen. Meine Mutter hatte einen mit Dosenpfirsichen belegten Biskuittortenboden mitgebracht, den Lieblingskuchen meiner Kindheit. Mein Sohn saß auf meinem Schoß und aß einen Schokoladenkeks. Ich küsste ihn von Zeit zu Zeit auf den Hinterkopf und fragte mich, was es bedeutete, dass die Menschen hier in diesem Raum meine Nächsten waren.

Immer wieder beklagte jemand, dass ich Bescherung und Abendessen versäumen würde. Ich nickte dann und machte vage Gesten des Bedauerns, dabei war ich insgeheim ganz einverstanden, dass ich gleich wieder allein sein würde. Ich würde still in meinem dunklen Zimmer liegen und mich meinen Gedanken überlassen. Mir schien diese Art Besinnlichkeit für Heiligabend passend.

Bevor wir uns verabschiedeten, fuhr ich das Kind auf dem elektrisch verstellbaren Krankenbett einige Male hoch und runter. Teresa filmte uns dabei. Ich habe mir das Video eben angeschaut. Es ist das einzige aus dem Krankenhaus. Mein Sohn sitzt in dem Bett und schaut mich ausdruckslos an, während ich versuche, ihn mit einem gekünstelten Lachen und albernen Armbewegungen zu animieren. Ich trage eine Art Pyjamahose, einen Kapuzenpullover und ein Halstuch, alles in Blau. Auch wenn diese Szene bestimmt nicht für meine Krankenhauszeit repräsentativ ist, bin ich doch irritiert, wie banal und flach sie wirkt. Meine Erinnerung ist von einer inneren Tiefenspannung durchwirkt, die auf den Bildern überhaupt nicht zum Ausdruck kommt.

Später, ich war bereits eine Zeit wieder allein, klingelte ich nach einer Schwester. Seit dem Vortag hatte niemand mehr meinen Blutdruck kontrolliert, obwohl drei Messungen täglich von den Ärzten angeordnet worden waren.

Ich wartete lange, klingelte erneut und nach einigen Minuten ein weiteres Mal. Mein Klingeln, das auch ein Notruf hätte sein können, wurde entweder ignoriert oder nicht gehört.

Natürlich hätte ich einfach aufstehen und an der Tür zum Schwesternzimmer klopfen können. Doch das erschien mir falsch. Schließlich war ich vor allem noch im Krankenhaus – ich wurde ja nicht eigentlich behandelt –, damit ich die ganze Zeit unter Beobachtung stand. Im Fall einer weiteren Blutung, das hatte ein Arzt erklärt, zählte jede Minute. Aus meinem Stationszimmer wäre ich, jedenfalls war das die Idee, innerhalb von wenigen Minuten auf einem OP-Tisch, wohingegen die Angehörigen zu Hause den

Ernst der Lage oft gar nicht oder jedenfalls zu spät bemerkten.

Diese Worte klangen nun wie Hohn. Falls es in diesem Krankenzimmer zu einer weiteren Blutung käme, die mich unfähig machte, aus dem Bett aufzustehen und auf dem Flur um Hilfe zu rufen, würde meine Leiche wohl erst von einer Reinigungskraft am nächsten Morgen entdeckt. Nirgendwo war ich so verlassen wie hier im Krankenhaus, wo mich jedermann unter Beobachtung wähnte.

Ich machte mich auf die Suche nach der diensthabenden Schwester. Sie war damit beschäftigt, die Bettwäsche eines, das deutete sie an, obdachlosen Patienten zu wechseln, dem der abrupte Alkoholentzug zu schaffen machte. Sie wirkte völlig abgespannt. Ich blieb auf der Schwelle zum fremden Krankenzimmer stehen und sah zu, wie sie damit kämpfte, ein Bettlaken unter dem strampelnden, krakeelenden Mann glatt zu ziehen. Das war keine Aufgabe für eine Person allein. Aber unter ihren Kolleginnen, erklärte sie, gehe gerade die erste Grippewelle um. Ich machte Anstalten, ihr zu helfen. Doch sie wies mich scharf zurecht.

»Bringen Sie mich nicht in Teufels Küche!«

Ich wartete, bis sie das Bett gemacht hatte, und erklärte, als gäbe es darüber nichts zu diskutieren, nun für einige Stunden zur Bescherung nach Hause zu gehen. Mir war die Idee eben spontan gekommen. Ich hatte mich an den Abschied von meinem Sohn im Parkhaus erinnert, wo er angesichts einer rot-weißen Schranke, wie er sie aus einem seiner Bücher kannte, in helle Aufregung geraten war. In diesem Moment war mir klar geworden, was ich bei der Bescherung verpassen würde.

Natürlich hatte ich mich sehr wohl auf Diskussionen eingestellt. Doch zu meiner Überraschung hatte die Schwester überhaupt nichts dagegen, dass ich nach Hause fuhr. Im Gegenteil ermutigte sie mich, auch noch zum Abendessen daheim zu bleiben. Sie bat mich bloß, bis 22.30 Uhr, dem Beginn des Nachtdienstes, wieder zurück zu sein.

Sie meinte es gut. Aber nicht in erster Linie mit mir. Sie hatte einen neu eingelieferten Patienten, für den kein Weihnachtsessen vorbestellt war.

»Der arme alte Mann ist völlig verzweifelt. Glaubt, das wird sein letztes Weihnachten. Er wohnt in einem Heim und ist ganz allein.«

Ich war natürlich einverstanden, meine vorbestellte Forelle nach Müllerinart mit Dillkartoffeln und Gurkensalat an den einsamen alten Menschen abzutreten. Leichter käme ich diese Weihnachten nicht mehr in den Genuss einer guten Tat.

Leider dankte mir die Schwester überschwänglich. Das machte mir bloß klar, wie wenig ich tatsächlich tat, wenn ich auf ein Essen verzichtete, das mir völlig gleichgültig war.

34| Ich rief Teresa an, um ihr von meinem Freigang zu berichten. Ich war erstaunt, welche Freude ich damit bei ihr, aber auch bei meinen Eltern auslöste. Mein Vater kam sogleich mit dem Auto, um mich heimzufahren. Während alle anderen in der Messe waren, legten mein Vater und ich die Geschenke unter den Baum, zündeten die Kerzen an und löschten das elektrische Licht überall in der Wohnung. Als mein Sohn dann von der Kirche zurückkam und von Teresa durch dunkle Räume in das im Kerzenschein flackernde Weihnachtszimmer geführt wurdet, musste es ihm vorkommen, als geschähe gerade ein Wunder.

Es gibt Bilder und Videos von der Bescherung. Auf nahezu allen ist das Kind der Mittelpunkt, seine helle, reine, strahlende Freude. Ich bin auf vier Bildern zu sehen. Auf einem lächle ich, auf den drei anderen wirke ich verspannt. Als Einziger bin ich nicht festlich gekleidet. Ich habe, das hatte ich völlig vergessen, ein Band mit den Patientendaten an meinem Handgelenk.

Während der Bescherung saßen wir im Kerzenschein um den großen, von Teresa geschmackvoll geschmückten Baum und freuten uns an der Freude des Kindes. Es zeigte beim Auspacken seiner Geschenke keine Gier, öffnete jedes achtsam, beinahe feierlich, knibbelte geduldig an den Klebestreifen auf dem Papier – natürlich ohne Effekt, man musste ihm schließlich helfen – und stieß, sooft ein neues Geschenk zum Vorschein kam, mit seinem kleinen Stimmchen ein »Ah«, ein Oh« oder, zu unserer aller Verblüffung, keiner konnte sich recht erklären, wo es das aufgeschnappt hatte, ein »Wow« aus.

Seine Freude war auch deshalb so herzergreifend, weil ihr Anlass jeweils so nichtig schien. Unser Sohn hat sechs Tage nach Heiligabend Geburtstag. Teresa und ich hatten ihm deshalb schon vor Wochen eine Spielküche besorgt. An Weihnachten bekam er von uns vorab für diese Küche das Zubehör, kleine Teller und Tassen, Schüsseln und Besteck. Vieles davon war einzeln verpackt. Immer wieder drehte er mit einer Spielzeuggabel oder einem Plastikgläschen eine Jubelrunde um den Esstisch. Seine Freude war ansteckend. Alle drängten sich um ihn. Nur ich blieb ein wenig außen vor und war auf eine ungute Weise in mich selbst verstrickt. Mir kam es ein wenig so vor, wie wenn ich dem Leben ohne mich zusähe.

Auch beim Essen saß ich als eine Art Geist mit meiner Familie zusammen und spürte die Distanz zwischen dem, was seit einigen Tagen in meinem Innern vor sich ging, und den mehr oder weniger banalen Gesprächen, die weitgehend in allzu bekannten Bahnen verliefen. Ich fand es zunehmend schwer, sie auszuhalten. In mir war etwas ins Rutschen geraten. Meine inneren Kontinente waren in Bewegung. Etwas Neues, vielleicht sogar Großes formierte sich, für das sich aber in Anwesenheit meiner Eltern, meines Schwagers, meiner Schwester weder Verständnis noch Raum fand.

Ich hatte mir auf dem Weg vom Krankenhaus nach Hause vorgenommen, mich an diesem Abend von meiner besseren Seite zu zeigen, doch je länger ich in Gesellschaft war, desto reizbarer wurde ich. Mich störte, dass mein Sohn auf dem Schoss meines Schwagers saß und ihm jauchzend ein High Five gab, Teresa zusammen mit meiner Mutter und meiner Schwester einen Wein trank, den ich gerne zu einer anderen Gelegenheit getrunken hätte, meine Mutter immer wieder mit ihrem Handy fotografierte, obwohl ihre Bilder eine Person, eine Situation immer bloß so unvorteilhaft wie nur irgend möglich zeigen, und mein Vater, der an Heiligabend andere, eben seine Abläufe gewohnt war, nicht nur einmal bemerkte: »Man würde jetzt auch nicht denken, dass heute Weihnachten ist.«

Als er es zum ersten Mal sagte, erwiderte Teresa lachend, es sei ja auch Heiligabend und noch nicht Weihnachten. Es war ihre Art, eine Unhöflichkeit meines Vaters nicht zu ernst zu nehmen. Schließlich hatte sie sich große Mühe gegeben, damit dieser Abend warm, elegant und festlich war. Doch dieser Hinweis war für meinen Vater zu dezent, und er drückte seine Verwunderung über sein mangelndes Weihnachtsgefühl noch ein zweites und drittes Mal aus.

Ich war einerseits von meinem Vater genervt. Andererseits hatte ich für seine Irritation ein diffuses Verständnis. Auch mich befremdete dieses Weihnachten in Berlin, obwohl es nicht mein erstes war. Was hatten wir in dieser Wohnung, in dieser Stadt, zwischen all diesen fremden Menschen verloren?

Im Haus meiner Eltern zum Beispiel hätten wir uns in einem Resonanzraum befunden. Ein Weihnachtsspaziergang hätte uns auf Wege geführt, auf denen schon meine Urgroßeltern, meine Großeltern, meine Eltern, meine Schwester und ich in unserer Kindheit gegangen waren. Die Landschaft, die Straßenzüge, die Häuser, die Umgebung wären durchwirkt gewesen von Erinnerungen. Jeder Blick wäre auf etwas von persönlicher Bedeutung gestoßen. Wir hätten in vielen Fällen gewusst, wer in den anderen Häusern beim Essen zusammensaß.

Ich war in den letzten 24 Jahren dreizehnmal umgezogen. Sesshaftigkeit hatte mir nichts bedeutet. Im Gegenteil waren Auf- und Umbruch für mich ein Selbstzweck gewesen. Ich hatte eine gewisse Unbehaustheit für fruchtbar gehalten und angenommen, sie fordere mich heraus, halte mich wach, verhindere, dass ich bequem wurde.

Doch die Tage im Krankenhaus hatten mich – schien es – meinem unsteten Leben entfremdet.

Während des Weihnachtsessens empfand ich immer schmerzhafter: Ich hatte einen entscheidenden Schritt verpasst. Ich hatte keine Wurzeln geschlagen. Geliebte Menschen, Frau und Kind allein sind keine Heimat. Um ganz auszuwachsen, braucht es mehr. Meine Eltern zum Beispiel hatten sich in jungen Jahren ein Haus gebaut und lebten seitdem in einem seit Jahrzehnten gewachsenen Beziehungsgeflecht zu Freunden, Nachbarn und Verwandten. Sie hatten ihren Garten, ihre Bäume, ihre Beete, ihre Wege zu ihrem See, in ihren Wald, über ihre Felder, sie hatten all ihre Rituale. Was hatte ich? Früher hatte es noch bestimmte Bars und Restaurants und eine Vielzahl an jährlich wiederkehrenden Einladungen gegeben, aber diese großstädtische Art der Heimat war nicht von Dauer gewesen, Nacht- und Familienleben waren eben nicht zu vereinbaren.

Meine Eltern hatten meiner Schwester und mir eine Kindheit mit Garten und in einer Umgebung bieten können, in der wir frei gewesen waren, herumzustreunen, mit dem Rad zum See zu fahren, uns Buden im Wald zu bauen. Was bot ich meinem Kind hier in Berlin außer Enge und Dreck, Aggressionen und Abgasen?

Die Erkenntnis traf mich wie ein Schock: Meine Eltern, denen ich doch nach meinem Selbstverständnis entwachsen und überlegen war, hatten mir tatsächlich etwas Entscheidendes voraus. Zum ersten Mal beneidete ich sie um etwas.

Ich geriet dadurch in einen Zustand, wie wenn man nachts um drei aufwacht und alles schwarz sieht. Mein ganzes Leben schien missraten.

35| Bereits um halb neun bat ich meinen Schwager, mich zurück ins Krankenhaus zu fahren. Ich gab vor, um neun wieder zurück auf meinem Zimmer sein zu müssen, obwohl ja tatsächlich erst um halb elf Schichtwechsel war. Ich wollte die anderen nicht weiter mit meiner finsteren Stimmung belasten, auf die sie voller Verständnis Rücksicht nahmen.

Niemand schien wirklich traurig, als ich ging. Mein Sohn spielte zufrieden mit seinem Opa, Teresa öffnete einen neuen Wein. Auf Fotos, die nach meinem Weggang gemacht wurden, wirken alle entspannt und gut gelaunt.

Während der Fahrt nach Neukölln hatte ich die ganze Zeit über das Bedürfnis, mich bei meinem Schwager zu entschuldigen. Er war sechzehn Jahre jünger und doch in mancher Hinsicht souveräner als ich. Er hätte sich eine schlechte Laune, wie ich sie den anderen zugemutet hatte, niemals erlaubt. Doch schien er an meinem Betragen überhaupt keinen Anstoß genommen zu haben, er war so herzlich und gutmütig wie sonst auch. Es kam mir deshalb unpassend vor, mein schlechtes Gewissen anzusprechen.

Vor dem Krankenhauseingang, im Raucherbereich, standen viel mehr Patienten als sonst zusammen. Die meisten waren hohlwangig und ungesund dünn, einige brauchten Krücken, andere einen Rollstuhl. Drei Männer und eine Frau hielten Tropfstangen umklammert, bei zwei anderen baumelten Urinbeutel an der Hüfte. Ein Beinloser im Rollstuhl hatte eine Boombox im Schoß, aus der Schlagermusik dröhnte.

Vermutlich hatten Alkohol- und Nikotinmissbrauch die meisten von ihnen erst ins Krankenhaus gebracht. Gleichwohl hielt, soweit ich das übersah, wirklich jeder eine Dose Bier und eine qualmende Zigarette in der Hand. Zusätzlich kreiste eine Flasche Schnaps.

Ich konnte mir halbwegs vorstellen, wie tyrannisch eine Sucht sein muss. Trotzdem fand ich es erstaunlich, dass man fröhlich ein Bier trank, von dem das meiste am Ende in einen Plastikbeutel floss, dass man genüsslich an einer Zigarette zog, obwohl einem bereits beide Beine amputiert worden waren.

Ich bemerkte, dass mir, anders als ich mir das kürzlich nach dem Duschen eingebildet hatte, mein körperlicher Verfall wohl doch nicht ganz gleichgültig wäre.

Ich stand noch lange unter diesen Versehrten, ohne recht zu wissen, wieso. Anfangs hatte ich mich, mit leichtem Selbstekel, derselben Faszination in Verdacht, die zum Beispiel Schaulustige eine Unfallstelle umringen lässt. Doch erst allmählich begriff ich, dass mich, wenn überhaupt, nur oberflächlich das menschliche Leid bannte. Vielmehr wollte ich einfach noch nicht wieder allein sein. Mir schien, sicherlich steigerte ich mich in diese Vorstellung auch ein wenig hinein, dass gerade diese Gemeinschaft, die offenbar jeden aufnahm, ohne von ihm etwas zu verlangen – man konnte sich dazustellen, einen Schluck Schnaps nehmen, schweigend der Musik zuhören –, mir an diesem Heiligabend wie keine andere entsprach.

Dann erreichte die kreisende Schnapsflasche meinen Nebenmann. Er nahm einen Schluck, schaute mich kurz an und reichte die Flasche, obwohl er dazu zwei umständliche Schritte an einer Krücke machen musste, an mir vorbei einer Frau, die neben mir stand.

Ich hatte keinen Schnaps gewollt. Aber ich verstand das Signal. Ich trat unauffällig beiseite, schaute noch einen Moment lang auf mein Telefon und ging durch den Eingang ins Krankenhaus.

36| Am Weihnachtsmorgen holte ich mir kurz vor sechs einen Kaffee aus der Pumpkanne auf dem Servierwagen im Flur, schaute aus dem Fenster und wartete auf erste Anzeichen des Tagesanbruchs. Ich genoss es, von jeder Verantwortung frei zu sein.

Kurz nach halb neun, ich hatte gefrühstückt und auch meine Medikamente genommen, wollte ich einen Spaziergang machen und griff nach meinem Mantel – doch er glitt mir aus der Hand. Mein rechter Arm, in den in den vergangenen Tagen viel der üblichen Kraft zurückgekehrt war, schien plötzlich taub. Unwillkürlich tippte ich – es war ja seit Tagen mein Frühwarnsystem – mit den Fingerspitzen meiner Hand der Reihe nach meinen Daumen an; es bereitete mir erschreckende Schwierigkeiten.

Mein Herz begann zu rasen, in meinen Ohren stach ein Schrillen, das Atmen fiel mir schwer.

Ich langte mit der linken Hand nach dem Rufknopf und drückte fest. Im Raum flackerte das Tageslicht wie eine elektrische Lampe kurz vor einem Stromausfall. Ein lilafarbener Schleier trübte meinen Blick.

Alles in mir war schwach und wurde schwächer. Ich rutschte vorsichtig an der Wand zu Boden, versuchte zu lächeln, um der Situation den Ernst zu nehmen. Doch ich spürte bloß, wie sich meine Gesichtszüge zu einer Fratze verzerrten. Die Gegenstände im Zimmer verschmolzen ineinander zu einer dunklen Unförmigkeit. Ich schloss die Augen und befand mich in einem Grau ohne Anfang und Ende, alles darin und daran war auf eine unfassbare Weise fremd und unheimlich. Ich versuchte panisch, an Teresa und das Kind zu denken, doch meine Erinnerungen an sie waren wie ausgelöscht. Ich konnte mir keine Bilder von ihnen vor Augen rufen.

Niemand reagierte auf meinen Notruf.

37 | Vor fünfzehn Jahren bin ich eine Woche lang mit einem Freund in den Alpen gewandert. Es war unsere zweite gemeinsame Bergtour. Davon abgesehen waren wir in der Höhe vollkommen unerfahren. Darum hatten wir, Mitte August, auf dreitausend Metern auch nicht mit der Möglichkeit von Schnee gerechnet. Wir glaubten an einen schlechten Scherz, als wir plötzlich bis zur Hüfte darin versanken. Unvorsichtig, wie wir damals waren, hatten wir weder warme noch wasserabweisende Kleidung, weder Kompass noch eine Bergkarte eingepackt und uns ganz auf Sonnenschein und die rot-weißen Markierungen auf den Felsen am Wegesrand verlassen. Nun waren diese, verdeckt von Schnee, überhaupt nicht mehr zu sehen. Selbst uns, die wir grundsätzlich unbekümmert waren, wurde im weglosen, verschneiten Gelände, in dem man nicht mehr sicher sein konnte, ob man nicht versehentlich über einen Abgrund hinaustrat, allmählich mulmig. Wir stiegen ab. Aber auch unterhalb der Schneegrenze wurde es nicht besser. Starker Regen machte die Wege rutschig. Oft gingen wir auf höchstens handtuchbrei-

ten Pfaden, die von einem seifigen Film überzogen waren, an Hunderte Meter in die Tiefe abfallenden Abgründen entlang. Wir schauten uns immer wieder an, wie um uns zu versichern, dass sich auch der andere noch im Griff hatte. Wir sprachen so gut wie kein Wort – bis wir endlich wieder auf einem breiten, befestigten Weg zu einer Hüte unterwegs waren.

Sie diente eigentlich Tageswanderern als Ausflugsziel, aber es gab auch Gästezimmer. Eins war frei. Wir aßen einen wunderbaren Mohnkuchen und tranken, um uns den Schrecken aus den Knochen zu spülen, jeder zwei große Bier und eine halbe Flasche Marillenschnaps. Der Hüttenwirt erzählte, der Wetterumschwung habe allein an diesem Tag drei Wanderern das Leben gekostet.

In der Nacht brach ein Gewitter los, das mich aus dem Schlaf schrecken ließ. Ich trat auf die hölzerne Galerie und blickte in die Nacht. Der Regen war wie eine nasse Wand und spritze beim Aufprallen bis weit unter das Vordach. Ich wurde vom Sprühwasser nass. Mäandernde Blitze erleuchteten das enge Tal im Sekundentakt. Die Donnerschläge dröhnten mir bis ins Mark. Es war einer der ganz wenigen Augenblicke in meinem Leben, in denen ich wunschlos glücklich war.

Am nächsten Morgen stiegen wir, um die verlorene Strecke vom Vortag gutzumachen, direkt auf einen steilen Grat zu. Wir bewältigten über 1600 Höhenmeter bis zur Mittagsrast. Kurz vor dem Grat kamen wir an eine Stelle, wo der Weg mit einem Teil des Hangs weggebrochen war. Wenn wir nicht die gerade erst mühevoll überwundenen Höhenmeter wieder absteigen wollten, waren wir gezwungen, über eine Strecke von vielleicht zehn Metern über einen schlammigen Steilhang zu gehen, der mit einem Gefälle von um die siebzig Grad abfiel. Bei einem Fehltritt purzelte man ungebremst Hunderte Meter über ein Geröllfeld bis ins Tal hinab. Mein Freund ging, wie wir es am Vortag abwechselnd an vergleichbar unangenehmen Stellen immer getan hatten, ohne zu zögern, voraus. Sobald er das problematische Stück überwunden hatte, wandte er sich nach mir um. Ich wollte einen Fuß auf den abschüssigen Hang aus Schlamm setzen, doch meine Beine zitterten, und mein Herz schlug mir im Hals. Mein Freund redete mir minutenlang gut zu, aber ich konnte mich nicht überwinden. Während er die zehn lebensgefährlichen Meter zu mir zurückkehrte, wandte ich mich ab und erwartete jeden Augenblick den Aufschrei, der mich den Rest meines Lebens verfolgen würde.

38| Ich lag auf dem Boden und erwartete meinen Tod. Für mich stand fest: In meinem Kopf blutete es weiter. In dieser kurzen Zeit – ich kann nicht sagen, wie lange sie dauerte, höchstens zwei, drei Minuten, wahrscheinlich aber nicht einmal das – hatte ich ein Gefühl, als würden Nähte zwischen meinen Schädelplatten aufgehen, und das, was ich für mein Ich hielt, strömte aus meinem Kopf heraus.

Im nächsten Moment war ich im Kabelschacht neben dem Bett, im Fernseher unter der Zimmerdecke, im Stück Wand zwischen den Fenstern. Ich war in allen Dingen.

Es war die allerseltsamste Erfahrung.

Aber auch die verging.

Ich richtete mich auf und legte mich zurück aufs Bett. Ich konnte nicht fassen, dass tatsächlich niemand auf meinen Notruf regiert hatte, war aber nicht empört. Mir gefielen Begebenheiten, die, ausgedacht, unglaubwürdig geklungen hätten.

39| Meine Familie besuchte mich auch am ersten Weihnachtstag. Niemand machte mir wegen meines Verhaltens an Heiligabend Vorwürfe. Ich erzählte weder Teresa noch sonst jemandem von meinem ohnmachtsähnlichen Anfall und dem Notruf, der unbeantwortet geblieben war.

Mein Kreislauf, nahm ich an, war aufgrund der überhaupt nicht indizierten blutdrucksenkenden Mittel abgesackt. Es war nicht nötig, deswegen irgendwen zu beunruhigen.

Am Abend schaute ich mir in einem der dritten Programme einen deutschen Film von 1931 an und freute mich an den unangenehmen Charakteren. Sie waren nicht, wie es heute in so vielen Büchern oder Filmen üblich ist, unsympathisch gezeichnet, um damit eine moralische Position einzunehmen oder eine dramaturgische Notwendigkeit zu bedienen. Sie durften einfach als Ausdruck ihrer Lebenslust schadenfroh, missgünstig, gierig, sogar bösartig sein.

Sobald der Film zu Ende war, löschte ich das Licht, schlief ein und hatte einen Traum. Darin reiste ich mit einer Delegation von Journalisten nach Nordkorea. An der Grenze wurden unsere Füße mit einem Geodreieck vermessen. Meine waren angeblich vierzig Zentimeter lang. Das sei die ideale Länge, erklärte der Grenzer mit einem bewundernden Lächeln und fügte beinahe ehrfürchtig hinzu, meine Füße stünden zum Bein in einem vollkommenen Winkel von 76 Grad. Ich solle nur aufpassen, dass es auch so bliebe. Denn wenn sich an diesem Winkel etwas ändere, sei ich ein erwiesener Verräter und dürfe nicht mehr ausreisen. Als er das sagte, lächelte er nicht mehr. Nach dieser Ansage lief ich mit steifen Beinen durch Pjöngjang. Doch unser Aufpasser trieb uns zu immer größerer Eile an, drohte, wer zurückbleibe, müsse die Konsequenzen tragen. Ich versuchte verkrampft, auch im Laufschritt den 76-Grad-Winkel zwischen Fuß und Bein aufrechtzuerhalten, doch die offensichtliche praktische Unmöglichkeit steigerte bloß meine Panik. Ich sah mich schon in einem der grauenvollen Lager an rohen Ratten nagen.

Ich wurde wach und starrte in die Dunkelheit. In den letzten Tagen und Nächten waren das oft meine intensivsten Stunden gewesen, erfüllt von aufwühlenden Ahnungen und einer eindringlichen Gegenwart. Nun spürte ich, noch verstärkt durch den in mir nachzitternden Albtraum, in meinem stillen Zimmer eine diffuse Unruhe. Ich dachte zurück an die Panik, die ich am Morgen empfunden hatte, als mein Blutdruck plötzlich viel zu tief gesunken war und ich eine zweite, tödliche Hirnblutung erwartet hatte. Meine

Reaktion auf diese eingebildete zweite Blutung war so anders als auf die erste, reale. Vor sechs Tagen war ich einigermaßen ungerührt, vielleicht arglos und naiv, aber jedenfalls frei von Panikgefühlen gewesen. Gerade diese Gelassenheit war mir als ein – zugegeben vager – Hinweis auf meine womöglich unsterbliche Seele erschienen. Wenn ich den Tod nicht fürchtete, hatte ich gedacht, dann vielleicht deshalb, weil etwas in mir, das die Wirklichkeit tiefer als mein Verstand durchdrang, von meiner Unsterblichkeit überzeugt war.

Jetzt aber fragte ich mich, ob ich damals, als die Blutung begonnen hatte, nicht einfach vor Schreck ganz gefühllos geworden und schlicht unfähig gewesen war, die Gefahr als Gefahr wahrzunehmen. Meine Gelassenheit hätte dann, statt auf einer diffusen Ahnung von meinem wie auch immer unvergänglichen Kern, ganz einfach auf einer Art Schockstarre beruht.

Ich spürte eine Spannung in dem mich umgebenden Raum, die ich mir nicht recht erklären konnte, die aber auf mich übergriff und mir die Schultern nach hinten auf die Matratze bog. Der Oberarzt hatte behauptet, ich befände mich vor allem in den ersten sieben Tagen nach der Blutung in akuter Gefahr. Nach Ablauf dieser Zeit wäre das Risiko einer weiteren Blutung überschaubar.

Es war nur noch ein weiterer Tag zu überstehen. Eigentlich hätte ich mich beruhigt fühlen sollen. Doch das Gegenteil war der Fall. Ich hörte auf die Geräusche im Haus, die Schritte im Flur, die Automatiktür zur *Stroke Unit*, die sich seufzend öffnete und schloss, und spürte mit jedem Atemzug, dass ich vergänglich war.

40| Natürlich bekam ich auch am zweiten Weihnachtstag keinen Arzt zu sehen. Ein junger Assistent, angeblich für die vorgelagerten Zimmer der *Stroke Unit* zuständig, war, wie der diensthabende Oberarzt, immerzu mit neu eintreffenden Notfällen beschäftigt.

Ich hatte einer Schwester von meinem Beinahe-Kreislaufzusammenbruch erzählt, dabei jedoch den Fehler begangen, auch meinen vergeblichen Notruf zu erwähnen, sodass sie nur einen Vorwurf gegen sich und ihre Kolleginnen herausgehört und schnell das Zimmer verlassen hatte.

Ich ließ das blutdrucksenkende und das beruhigende Medikament auf eigene Verantwortung weg.

Ein Onkel Teresas war in einer Klinik in Darmstadt Anästhesist und hatte sich bereits bei Kollegen und in Büchern über Hirnblutungen im Allgemeinen und einen Fall wie meinen im Besonderen informiert. Teresa hatte mit ihm verabredet, dass ich mich bei ihm melden konnte, um zwanglos all meine Fragen zu besprechen.

Ich rief ihn am Morgen des 27. Dezember an. Natürlich lag es nahe, ihn zu fragen, ob ich die Tabletten wirklich einfach weglassen konnte, doch wollte ich ihn nicht mit dieser Verantwortung belasten.

Der Onkel gab mir das Gefühl, es sei ihm eine Freude, mir zuzuhören. Obwohl ich den Anruf bei ihm hinausgezögert hatte, weil ich kein Bedürfnis gehabt hatte, über meine Krankheit zu sprechen, erzählte ich ihm alles ganz ausführlich und erwähnte selbstverständlich den von mir vermuteten Zusammenhang zwischen Blutung und Meditation, den er diplomatisch als eine Möglichkeit unter anderen gelten ließ. Vor allem interessierte mich, welche Risiken sich aus der scheinbar unerklärlichen Blutung tatsächlich ergaben, ob ich mir zum Beispiel bei Gelegenheit auch so etwas wie einen Vollrausch erlauben durfte. Zwei Gläser Wein zu besonderen Anlässen mochte er mir zugestehen. Mir erschien das unrealistisch wenig. Anderthalb Gläser hatte ich schon an Heiligabend getrunken, da war ich nicht einmal aus dem Krankenhaus entlassen gewesen.

Der Onkel betonte auffällig oft, ich solle die Situation annehmen, wie sie war, und mich vor allem *nicht verrückt machen*. Ich fand, dass ich meine Situation geradezu beispielhaft annahm und mich bestimmt nicht verrückt machte. Täuschte ich mich?

Interessant war, was er über die dünne Datenlage zu einer sogenannten atypischen intrazerebralen Blutung zu berichten wusste. Laut den wenigen belastbaren Studien, die es zu dem Thema gab, lag die Sterbewahrscheinlichkeit bei Patienten wie mir in den ersten zwei

Jahren nach der ersten Blutung bei circa 4 Prozent. Für die Zeit danach existierten keine Daten. Teresas Onkel hielt diese Zahl für sehr beruhigend. Nach dem Telefonat googelte ich die Wahrscheinlichkeit für einen Mann meines Alters, Gewichts und meiner Größe, im Laufe eines Jahres zu sterben. Die Angaben variierten, lagen aber im Durchschnitt bei circa 1,3 Prozent. Vor diesem Hintergrund erschien mir eine Steigerung meiner Sterbewahrscheinlichkeit um fast 300 Prozent doch irgendwie bedeutend. Andererseits hatte ich eine 96-prozentige Chance zu überleben. Jeder Krebspatient, vermutete ich, wäre darüber glücklich.

Es war wie alles eine Frage der Perspektive. Jemand wie Teresas Onkel, der täglich mit schweren Krankheiten umging, musste in einer 4-prozentigen Sterbewahrscheinlichkeit ein zu vernachlässigendes Risiko sehen.

Ich beschloss, seine Sicht der Dinge zu übernehmen.

Bei meiner Recherche zur Mortalität stieß ich im Netz auch auf die Seite eines Verbands amerikanischer Krankenversicherungen. Man konnte da in einer Maske Alter und Geschlecht eingeben, und sogleich wurde die statistisch noch mögliche Lebensdauer auf einer Art Zeitstrahl dargestellt, sie reichte in meinem Fall von 43 bis 114. Dieser Zeitstrahl war ein wenig wie eine Lottoziehung animiert. Vom Himmel des Bildschirms fielen – es war die statistisch aussagekräftige Anzahl – hunderttausend Tote als kleine schwarze Kugeln herab und sammelten sich in Fächern bei dem jeweiligen Todesalter. Die Fächer in den Achtzigern zogen mit Abstand die meisten Kugeln an und färbten sich schnell schwarz. Jenseits der Hundert kamen nur wenige Kugeln an. Mehr Kugeln als erwartet verteilten sich in den Vierzigern. Ich schaute wie gebannt, wie Dutzende Kugeln in jeder Sekunde fielen. Es war seltsam beruhigend, wie sicher der Tod war. Jeder fiel irgendwann.

41 | Im Krankenhaus konnte ich auf eine Weise untätig sein, wie ich es Jahre nicht gewesen war. Aber am Morgen des 28. Dezember merkte ich, der Reiz dieses Ausnahmezustands hatte sich verbraucht. Ich hatte mich so geborgen gefühlt, weil mein Liegen und Nichtstun ärztlich verordnet gewesen waren. Der Befehl hatte mich befreit. Doch am zehnten Tag gab es überhaupt keinen Grund mehr, im Krankenhaus zu bleiben. Ich wollte heim.

Dazu musste ich zunächst meine schriftliche Entlassung erwirken, ohne die man nicht gehen konnte, weil man im Fall der Fälle nicht versichert wäre. Doch die Ausstellung eines Arztbriefs wurde von den Ärzten als lästiger Papierkram empfunden, der sie von ihrer eigentlichen Arbeit abhielt. Ich hatte von Patienten gehört, die drei Tage auf ihr Schreiben gewartet hatten.

Ich setzte mich deshalb zur öffentlichen Sprechstunde vor das noch verschlossene Arztzimmer, damit das Nichtschreiben meiner Entlassungspapiere lästiger für den Arzt wäre, als sie zu schreiben. Mit mir wartete eine auffällig hübsche, aber auch auffällig mitgenommen wirkende Frau. Ich schätzte sie auf Ende zwanzig, Anfang dreißig. Sie trug einen taubenblauen Trenchcoat und roten Lippenstift. Da der Arzt lange auf sich warten ließ, kamen wir ins Gespräch. Ihr Mann, vermutlich einiges älter als sie, war vor zwei Tagen mit einem Schlaganfall eingeliefert worden. Seine rechte Köperhälfte war praktisch gelähmt, und wenn er sprechen wollte, stieß er bloß unverständliche Laute aus. Dabei war er ein Schauspieler, der von seinem Körper und seiner Stimme lebte. Sie beide hatten, als ihn der Schlag traf, praktisch auf gepackten Koffern gesessen. Der Mann hatte in einer internationalen Serie mitspielen sollen, die in Sofia gedreht wurde. Sie wollte ihre freie Zeit dort nutzen, ihre Masterarbeit in Kulturmanagement zu schreiben. Sie saß hier, um herauszufinden, ob sie wirklich ernst nehmen musste, was ihr der Oberarzt beiläufig während seiner Visite erklärt hatte: dass das Leben, wie sie es mit ihrem Mann kannte, vorbei sei, vor ihnen beiden nun eine schwierige und sicherlich lange Zeit der Rehabilitation liege und man den Patienten keinesfalls mit übergroßen Erwartungen an seine Genesung überfordern dürfe. Der Anfall sei vergleichsweise schwer gewesen, und mit großer Wahrscheinlichkeit werde ihr Mann nie wieder ganz der Alte.

Ich bin sicher, der Oberarzt hatte ihr, auch wenn ich ihm offene Worte zutraute, die Wahrheit nicht ganz so ungeschminkt präsentiert. Aber so hatte sie ihn wohl verstanden. Sie war verwirrt, nervös, fuhr sich unablässig durch die Haare, knibbelte an den blutigen Hautfetzten um ihre Fingernägel.

Ich dachte, die Erkrankung ihres Mannes hatte die Vision von ihrem Leben – einem Leben, in dem es aufwärtsging, das aus Reisen, Galas, der erregenden Hysterie der Filmwelt bestand – buchstäblich mit einem Schlag vernichtet. Ich konnte schwer einschätzen, wie gut sie die Alternative, ein Leben der Aufopferung und der Entsagung, ertragen würde. Sie mochte, sobald ihr nach dem ersten Schock klar würde, was nun auf sie zukam, ihren Mann verlassen oder aber seine Erkrankung als gemeinsame Aufgabe begreifen und daran auf eine ganz andere Weise, als sie sich das vorgestellt hatte, wachsen. Ich konnte es nicht beurteilen.

Mir fiel eine Unterhaltung mit dem Priester ein, der Teresa und mich getraut hatte. Bei einem der vorbereitenden Gespräche hatte er die Ehe die Vollendung des Guten genannt, durch die Mann und Frau zu einem Fleisch und einer Seele würden. Für einen Moment war ich versucht, der Frau des Schauspielers davon zu erzählen. Aber ich hielt mich im letzten Moment zurück. Wahrscheinlich hätte sie meine Bemerkung als zynisch oder, schlimmer noch, als Ermahnung aufgefasst, unbedingt ihrem Mann beizustehen. Dabei lag mir nichts ferner, als sie moralisch zu belehren. Ich fand nur ihr Dilemma interessant, in das man geraten konnte, wenn man einem anderen versprochen hatte, im Guten wie im Schlechten zu ihm zu stehen. Wahrscheinlich auch, weil Teresa und ich ihm – jedenfalls für den Moment – so knapp entkommen waren.

Später, während ich in meinem Zimmer auf meine Entlassungspapiere wartete, überlegte ich nicht zum ersten Mal in den vergangenen Tagen, den Priester anzurufen. Wir hatten uns, weil wir es beide – jeder auf seine Weise – ernst meinten, immer gut verstanden. Ich hätte gerne gewusst, wie er sich als jemand, der an Gott glaubte, sein ewiges Leben konkret vorstellte. Würde er im Jenseits andere Menschen wiedererkennen und umgekehrt sie ihn und, falls ja, woran? Wäre er eine Art Geist im Paradies, mit oder ohne die Merkmale seines irdischen Leibs, mit oder ohne die Eigenheiten seiner Persönlichkeit? Und was glaubte er dort zu tun, einfach ewig erfüllt von Liebe sein? Würde einem die ewige Seligkeit nicht furchtbar auf die Nerven gehen? Hatte man im Paradies überhaupt Nerven?

Das waren fast kindliche Fragen. Ich wusste, man konnte sie ihm dennoch stellen. Allerdings würde er auf sie keine wirklich eindeutigen Antworten geben. Er würde vielleicht antworten, der irdische Leib gleiche einem Samenkorn, das bei Gott erst zu seiner wahren Gestalt aufgehe. Etwas Ähnliches hatten jedenfalls die Geistlichen auf meinem Gymnasium gepredigt. Der Priester war zwar niemand, der in theologischen Gemeinplätzen sprach. Aber auch sein Denken bewegte sich innerhalb eines fest gefügten Systems. Das Tolle sei, hatte er mir einmal gesagt, dass einfach alles Sinn ergebe, wenn man den Glauben wage.

Wenn ich überhaupt etwas glaubte, dann daran, dass

man Sinnlosigkeit aushalten musste. Lag nicht gerade darin menschliche Schönheit, nichts als ein *kurzes Licht zwischen zwei ewigen Dunkelheiten* zu sein, von denen man nichts wissen kann, aber alles wissen will?

Ich rief den Priester nicht an.

42| Zwei Stunden später verließ ich an der Seite meines Vaters das Krankenhaus. Während der Autofahrt vorbei am Tempelhofer Feld fiel mir meine Enttäuschung auf: Ich hätte erwartet, mich anders zu fühlen – heroischer, erleichterter; aber die Welt und mein Inneres verschwammen ineinander im Alltagsgrau.

Meine Eltern fuhren noch am selben Tag heim. Ich verabschiedete sie, mit meinem Sohn auf dem Arm, vor unserem Haus. Während sie letzte Dinge in ihrem Wagen verstauten, wurde das Kind traurig und schlang seine Arme um meinen Hals; ich drückte es fest an mich. Ich weiß nicht, warum, aber diese Geste ließ mich begreifen, dass meine Eltern für mich da sein würden – so lange, bis sie auf meine Hilfe angewiesen wären. Wir kämen nie voneinander los. Ich überlegte, etwas zu sagen, aber als sich unsere Blicke trafen, spürte ich, Worte würden den Augenblick bloß verderben.

Am Nachmittag ging Teresa mit dem Kind zum Einkaufen, nach den Feiertagen waren Milch und Obst, Eier und Brot aufgebraucht.

Ich nutzte die Zeit für einen kleinen Spaziergang.

Teresas Anruf erreichte mich auf der Potsdamer Straße, wenige Schritte von dem Spätkauf entfernt, in dem mir die Münzen vor zehn Tagen aus der Hand gefallen waren. Ich verstand sie nicht sofort. Es war ganz untypisch für sie, aber ihre Stimme klang leicht panisch: »Bin noch im Edeka. Kannst du kommen? Ich sehe fast nichts mehr!«

Ich war von diesem Supermarkt nur wenige Hundert Meter entfernt. Dennoch war mein erster Impuls, aus Rücksicht auf meinen Blutdruck in ein Taxi zu springen, aber als ich keins sah, lief ich einfach los.

Ich weiß noch genau, wie wenig überrascht ich war. Mit meiner Hirnblutung hatte es angefangen, und nun war eben Teresa an der Reihe, es konnte gar nicht anders sein.

Auf den ersten Metern hielt ich mich noch etwas zurück, beschleunigte dann aber immer mehr. Ich rannte schließlich mit einer wilden Entschlossenheit, beinahe euphorisch.

Ich fand Teresa auf dem Boden in einem Gang zwischen zwei Regalen. Sie kauerte neben unserem Sohn, der begeistert Kartons mit Keksen aufstapelte. Ich hockte mich zu den beiden. Teresa zitterte und war blass.

»Erst waren es nur einzelne Lichtblitze, dann aber wurden es immer mehr, bis ich wie geblendet war.«

Wir verbrachten bestimmt zwei, drei Minuten vor dem Regal, was aber niemanden zu bekümmern schien. Ich müsse mich nicht beunruhigen, versicherte Teresa mir, sie kenne diese Ausfälle schon von früheren Situationen unter Stress, in denen sie zu wenig gegessen und geschlafen habe. Ich solle mir keine Sorgen machen.

Ich ließ sie alleine nach Hause vorgehen, nur um die doch gar nicht so dringlichen Einkäufe erledigen zu können, zu denen sie nicht gekommen war.

Als ich an der Kasse anstand, an der ich auch am Morgen meiner Hirnblutung angestanden hatte, waren plötzlich alle Erfahrungen der letzten zehn Tage im Krankenhaus wie ausgelöscht. Das Leben ging einfach weiter.

43| Auf dem Weg zurück zu unserer Wohnung dachte ich weniger daran, wie es Teresa gehen mochte, sondern versuchte vielmehr zu ermessen, was es für mich bedeutete, wenn sie tatsächlich der Pflegefall würde, zu dem sie meine heiß laufende Fantasie bereits gemacht hatte. Gehörte ich zu den Seltenen, aber Glücklichen, die an Schmerz und Unglück wuchsen?

Ich schuf ein hypothetisches Drama, denke ich heute, um zu verschleiern, was Teresas Sehstörung deutlich machte: Sie war am Ende ihrer Kraft. Nicht erst die letzten Tage, auch die Wochen davor waren brutal gewesen. Teresa hatte im Oktober eine neue Stelle antreten und sich dort bewähren müssen, während unser Sohn, frisch im Kindergarten, ständig krank gewesen war, oft ausgelöst von den mutierten Superviren, wie die Kinderärztin sie nannte, gegen die auch unsere erwachsene Immunabwehr machtlos gewesen war. Den November und den Dezember über hatten wir in einem permanenten Ausnahmezustand verbracht.

Auch jetzt war das Kind seit Tagen erkältet und hatte nachts, anfallsweise, zweimal über vierzig Grad Fieber gehabt. Teresa hatte deswegen kaum geschlafen, nachdem sie auch schon die Nächte zuvor, wie sie mir viel später erzählte, oft wach gelegen hatte in der Sorge, ob und in welchem Zustand ich zu ihr zurückkäme.

Ich spürte, wie sehr sie es nötig hatte, dass ich wieder in unser Leben zurückkehrte, ihre Überlastung wahrnahm und ihr zur Seite stand. Aber an diesem Tag war ich dazu noch nicht in der Lage.

Nach der Aufregung im Supermarkt fühlte ich mich bedenklich schwach. Teresa, die ohnehin nervös schien, mich durch ihren Schwächeanfall in Aufregung versetzt zu haben, bemerkte das. Sie bestand darauf, dass ich eine Art Rekonvaleszentenlager im Gästezimmer aufschlug, damit ich unserem Kind nicht zu nah war. Der Oberarzt hatte vor einer Erkältung oder Grippe gewarnt, da beides den Blutdruck in die Höhe treibe. So schlief ich völlig ungestört, während sie neben unserem hustenden Kind eine weitere Nacht mehr oder weniger im Halbschlaf verbrachte.

Einen Tag vor seinem zweiten Geburtstag hing unser kranker Sohn ständig an Teresa. Ich lief deshalb in einen Supermarkt, um die Zutaten für einen Kuchen, und anschließend in ein Geschäft für Partybedarf, einen mit Helium gefüllten Zahlenluftballon zu besorgen. Der Vormittag des 29. Dezember war überraschend strahlend. Ich erinnere mich noch gut, wie ich mit den Einkäufen in der einen und einer riesigen silbrigen Zwei, die neben meinem Kopf schwebte und das Sonnenlicht in alle Richtungen zurückwarf, in der anderen Hand verwundert durch die Straßen ging.

Am Morgen des 30. Dezember feierten wir Geburtstag. Teresa und ich hatten die kleine Spielküche aufgebaut, mit der unser Sohn, trotz Erkältung und leichtem Fieber, sogleich mit einer großen Ernsthaftigkeit und Hingabe herumhantierte. Ich war froh, ihm zusehen zu können, und begriff plötzlich, was für ein Privileg es war, als Eltern die Kindheit der Kinder behüten zu dürfen, der Fänger im Roggen zu sein, der sie auffängt, sooft sie bei ihrem selbstvergessenen Spiel aus Überschwang über eine Klippe zu laufen drohen.

Ich hatte mich so bemüht, eine Ansteckung zu verhindern, trotzdem spürte ich an Silvester, dass mir mindestens ein starker Schnupfen bevorstand. Teresa und ich teilten uns dennoch abends eine Flasche Champagner. Wir mussten wenigstens kurz gemeinsam durchatmen. Doch schon um zehn lag ich wieder im Gästezimmer und klapperte mit den Zähnen, während die Stadt vor dem Fenstern bereits zu explodieren schien. Ich war so lange nicht an einer Grippe erkrankt gewesen, dass ich verblüfft war, wie elend man sich dabei fühlte. Ich wimmerte und stöhnte – und doch genoss ich in gewisser Weise auch den Schmerz. Zehn Tage hatte ich im Krankenhaus mit einer Erkrankung gelegen, die weitgehend abstrakt geblieben war. Es tat als Abwechslung ganz gut, ordentlich krank zu sein.

Während es vor den Fenstern zischte und knallte, stieg das Fieber bei unserem Sohn und mir auf jeweils über vierzig Grad. Für Teresa schwebten wir beide in Lebensgefahr. Ganz gegen ihre Art rief sie mitten in der Silvesternacht ihren Arztonkel an, der sie davor bewahrte, die Nerven zu verlieren.

In meinem Delirium bekam ich von alldem überhaupt nichts mit. Ich befand mich in ganz anderen Sphären. Ich erinnere mich an nicht viel mehr, als irgendwann das Gefühl verloren zu haben, ich selbst zu sein. Ich kam mir vor wie etwas Allgemeines, eine Landschaft. Darüber hinaus ist mir von dieser Nacht bloß eine Atmosphäre, eine Stimmung im Gedächtnis geblieben, die für mich in etwa so greifbar ist wie ein lang zurückliegender Traum. Ich weiß jedoch noch genau, wie ich in den frühen Morgenstunden wieder zu klarerem Bewusstsein kam und fest entschlossen war, mein Leben zu ändern.

44| Ende Januar 2018 begann ich damit, Sätze zu notieren, die im Rückblick den Beginn der Arbeit an diesem Text markieren. Ich schreibe das hier am 8. Januar 2019, kurz nach sechs. In zwei Stunden geht die Sonne auf. Meine Tage sind nach dem Regime eines rigiden Arbeitsplans aufgeteilt. Ich stehe halb fünf auf, fahre mit dem Rad durch den Gleisdreieckpark – wo ich manchmal Füchse Karnickel jagen sehe – zu meiner Schreibwohnung unter dem Dach eines Plattenbaus und arbeite, bis ich kurz nach zwei wieder aufbreche, um meinen Sohn aus dem Kindergarten abzuholen.

Das letzte Jahr war von diesen beiden Sphären geprägt: Arbeit und Familie. Auf einer Ebene wurde das Leben dadurch klein. Ich traf kaum noch andere Leute, kam wenig herum, Routine stellte sich ein. Auf einer anderen spürte ich, ging diese Zeit gerade durch ihre Gleichförmigkeit seltsam tief in mich ein.

Manchmal kündigt sich eine Wandlung durch ein einschneidendes Ereignis an und vollzieht sich plötzlich und eindrücklich. Das Leben ändert von einem Tag auf den anderen seine Farbe.

In meinem Fall, scheint es, ist eher ein allmählicher Prozess im Gang. Ich bemerke an mir in manchen Momenten eine andere Aufmerksamkeit, eine neue Berührbarkeit, eine leichte Verschiebung der Perspektive.

Ich wusste schon immer, dass ich endlich bin. Nun weiß ich es aus Erfahrung. Zwischen diesen Arten des Wissens liegt eine weite und tiefe Kluft. Ich bin dabei, sie zu erkunden. Es ist die vielleicht beste Zeit meines Lebens.

45| Im Verlauf des Sommers wurde mir diese Entwicklung allmählich bewusst. Ich verbrachte ihn zum großen Teil bei meinen Eltern. Ich war mit dem Kind zu ihnen gefahren, weil der Kindergarten geschlossen war. So konnte ich mich immerhin an den Vormittagen in das Arbeitszimmer meines Vaters zurückziehen. Die langen Nachmittage und frühen Abende verbrachten wir immer alle zusammen. An den Wochenenden sogar mit Teresa.

Der Sommer war sehr groß. Er war ungewöhnlich heiß und trocken. Monatelang fiel beinahe überhaupt kein Regen. Flüsse flossen in umgekehrter Richtung. Seen trockneten aus. Wir alle empfanden, glaube ich, in Momenten einen Zwiespalt. Einerseits verbreitete der außerordentliche Sommer einen paradiesischen Hauch. Andererseits ahnten wir im dauernden Sonnenschein den Anfang einer Endzeit. Lag im Paradies nicht der Ursprung der ersten Katastrophe?

Es war ein endloser Sommer, so wie alle Sommer, bevor man erwachsen wird. Ich war in gewisser Weise zurück in meiner Kindheit. Jeden Abend las ich meinem Sohn aus einem Buch vor, aus dem mir vor vierzig Jahren selbst vorgelesen worden war. Plötzlich erinnerte ich mich wieder an das Gefühl, eine gedruckte Schrift zu sehen, die ich selbst nicht lesen kann, die aber durch die Stimme meiner Mutter zur Erzählung wird.

Ich teilte mir mit meinem Sohn im Gästezimmer ein zwei Meter breites Doppelbett. Es glich einer weiten Wiese. Trotzdem lag er morgens mit dem Kopf auf meinem Kissen und atmete mir ins Ohr. Wenn ich, oft nur eine Stunde nach ihm, schlafen ging, verfiel ich aus Vorfreude auf die Nacht in einen Hüpfschritt.

Jeden Morgen erwachte ich ganz früh aus wilden, aber überhaupt nicht beunruhigenden Träumen. Ich nutzte die Zeit, bis mein Sohn erwachte, um zu schreiben. Schon beim Frühstück lebten die Eltern mit der Freude des Kindes auf. Sie beachteten mich nur beiläufig. Ich hatte mich, solange ich zurückdenken konnte, mit ihnen nie so wohlgefühlt.

46| Den ganzen Sommer über spürte ich einen leichten Schmerz im rechten Arm – vergleichbar mit einem Muskelkater. Lange hatte ich mir deswegen überhaupt keine Sorgen gemacht. Meine Hausärztin hatte gemeint, ich müsse einfach abwarten, bis der Bluterguss in meinem Hirn sich vollständig zurückgebildet hätte.

Soweit ich wusste, verlief diese Resorption normal. Schon im März war ich zur einer Kontrolluntersuchung im MRT gewesen, und der Arzt war mit dem, was er zu sehen bekam, offenbar zufrieden. Er hatte mich erst in einem halben Jahr für eine weitere Kontrolle einbestellt.

Von einer weiteren Angiografie, wie sie vom Chefarzt im Krankenhaus in Aussicht gestellt worden war, um hinter meine zurückgewichene Blutung blicken zu können, hatte allerdings meine Hausärztin nichts wissen wollen: »Völlig unnötig.«

Ihr betont gelassener Umgang mit meiner Hirnblutung war für mich, auch wenn er mir etwas fahrlässig vorgekommen war, vor allem beruhigend gewesen. Ich war nicht ungern darüber im Unklaren geblieben, wie es nun *genau* in meinem Kopf aussah. Ich konnte mit einem Rest Unklarheit gut leben.

Doch als ich im Sommer bei meinen Eltern war und ihnen von den anhaltenden Beschwerden in meinem Arm erzählte, war vor allem meine Mutter alarmiert. Sie rief eine Neurologin an, mit der sie über eine Nachbarin bekannt war, und erfuhr, meine Beeinträchtigung könnte auch auf eine von der Blutung verursachte Spastik zurückzuführen sein. Die Neurologin lud mich ein, gleich am nächsten Morgen, kurz vor Beginn der Sprechstunde, bei ihr in der Praxis vorbeizuschauen.

In der Schulzeit hatten meine Freunde und ich behinderte Menschen im Allgemeinen und alle, die wir für Idioten hielten, im Besonderen *Spastis* genannt – was heute wohl drastischer klingt, als wir es damals empfanden. Wohl deshalb hatte das Wort *Spastik* für mich einen unangenehmen Klang, und ich nahm die Einladung der Neurologin gerne an.

Die Untersuchung bestand im Wesentlichen darin, dass sie an meinem Arm zog und darauf herumdrückte. Zu meiner Überraschung war keine Spastik festzustellen. Dabei hätte ich es in gewisser Weise als gerechtes Schicksal angesehen, wenn ich zu jemandem geworden wäre, über den ich mich früher ebenso gedankenlos wie grausam erhoben hatte.

Ob der Schmerz allerdings je wieder verschwinden würde, wollte die Neurologin nicht voraussagen: »Man muss einfach abwarten. Er kann weggehen, aber auch bleiben.«

Ich nahm diese vage Prognose einigermaßen unbekümmert hin. Ich war bereit, den recht erträglichen Schmerz als einen ersten Schritt in einer Reihe von vielen weiteren Schritten zu akzeptieren, die mich hoffentlich nach und nach ins Greisenalter führten. Bis es so weit wäre, würde ich meinem Sohn eben mit links Tischtennis und Tennis beibringen.

47| Wie ideal die Tage in diesem Sommer vergingen. Nach der Arbeit am Vormittag hörte ich mir die Abenteuer meines Sohnes an, der erst seit Kurzem in zusammenhängenden Sätzen erzählte. Er war mit den Großeltern zum Entenfüttern am Bach, zum Steinewerfen am Kanal, auf einer Wippe am See oder zum Zuganschauen bei den Gleisen gewesen. Nach dem Mittagessen brachte ich ihn ins Bett und las anschließend unter einem Baum im Garten.

Überhaupt das Gartenleben. Ich grub mit meinem Sohn nach Regenwürmern. Saß mit ihm im Planschbecken. Schoss zu seinem Vergnügen immer wieder einen Fußball übers Haus. Suchte mit ihm nach einem vierblättrigen Kleeblatt, durchstöberte zusammen mit ihm die Garage und das Gartenhaus nach vergessenem Spielzeug.

An einem Nachmittag hörte man einen Mähdrescher. Seit mein Sohn bei seinem Onkel auf einem mitgefahren war, verhieß ein solches Fahrzeug ihm das große Abenteuer. Wir gingen zu dem nahen Feld, setzten uns unter einen Baum und schauten.

»Ist das ein Mähdrescher?«, fragte mein Sohn.

»Das ist ein Mähdrescher.«

»Das ist ein Mähdrescher?«

»Ja, ein Mähdrescher, genau.«

Er lächelte, seine Augen blitzen. »Ein Mähdrescher, ja?«

Er erschuf sich mit Worten die Welt.

An den Abenden dann verschwammen die Stunden in einem durchscheinenden Blau. Ein Gefühl von etwas Unerschöpflichem breitete sich mit der Dämmerung aus. Die Dinge begannen aus sich heraus zu leuchten. Das Kind spürte es auch und trat – in jeder Beziehung – behutsamer auf. Lange bevor die Nacht hereinbrach, kam es zu mir gelaufen, legte seinen Kopf in meinen Schoß und sagte: »Schlafen.«

Während ich neben meinem Sohn im Bett lag, hörte ich von draußen Gelächter. Eine Nachbarin meiner Eltern war vor Wochen an einem Schlaganfall gestorben. Erst in diesen Tagen räumte ihr Vater zusammen mit einigen Kegelbrüdern und seinem sechzehnjährigen Enkel, dem Sohn der Toten, das Haus aus. Jeden Abend saßen sie auf Festzeltbänken in der Einfahrt, aßen Grillwürste und tranken Bier.

Noch war ich durch die Existenz meiner Eltern geborgen. Sie standen in der ersten Reihe vor mir. Doch war die Einliegerwohnung meiner Großmutter bereits leer. Ich wusste, wenn ich nicht vorher stürbe, würde ich auch irgendwann das Haus meiner Eltern ausräumen. Dann stünde ich in der ersten Reihe – vor meinem Kind. Das immerhin war tröstlich.

48| Im November waren Teresa und ich mit unserem Kind in Paris, damit Freunde dort es endlich kennenlernten. Am Morgen gingen wir von unserer Unterkunft beim Palais Royal durch den Tuileriengarten in Richtung Eiffelturm. Vor einem Jahr hatte ich meinem Sohn von einem Parisaufenthalt ein Esslätzchen mit Eiffelturmmotiv mitgebracht. Seitdem wollte er diesen Turm auch mit eigenen Augen sehen. Ich glaube, in seiner Vorstellung wäre er dann erst in Paris angekommen.

Es hatte bis in die Nacht hinein geregnet, aber am Morgen herrschte ein angenehm klares, für einen Spaziergang geradezu ideales Wetter mit einem hohen blauen Himmel und nur wenigen weißen Wolken. Die Spielplätze, Bänke und Wege waren nass und glänzten in den ersten Sonnenstrahlen. Der Park war noch beinahe menschenleer, und wir liefen ausgelassen umher. Ich merkte, Teresa war, ebenso wie ich, von der Schönheit dieser Stadt an einem strahlenden Herbstmorgen betört. Selbst das Kind schien sie zu bemerken, auch wenn es wahrscheinlicher ist, dass es einfach froh und aufgeregt war, zusammen mit seinen Eltern ein Abenteuer zu erleben.

Während wir, jeder in seine eigene Form der Freude versunken, weiterliefen, passierte es. Ich stutzte, blieb stehen, merkte, dass etwas plötzlich anders war. Für einen Augenblick war ich in Sorge, das *andere* wäre in meinem Hirn und ich würde wieder zu einem Notfall. Ich schaute zu meiner Frau, meinem Kind – und spürte sie beide, wie ich sie noch nie gespürt hatte. Sie waren in mir lebendig.

Ich ging – aufgewühlt – einige Schritte zur Seite. Im Park waren im Rahmen einer Kunstmesse Skulpturen zeitgenössischer Künstler aufgestellt. Ich trat vor eine überlebensgroße bronzene Plastik von Thomas Schütte mit dem Titel *Mann im Wind*. Ich glaube nicht, dass mich das Kunstwerk an sich sonderlich berührte. Aber ich hatte das Gefühl, als würde ich es wie kaum etwas zuvor *sehen*. Aufgeregt lief ich weiter zu einer großen Pfütze, in der Stücke einer gepunkteten Eierschale, einige Platanenblätter und Zigarettenkippen schwammen. Es war wieder das Gleiche, ich *sah*. Ich reagierte auf Dinge nicht wie sonst, entweder gleichgültig oder mit Stimmungen und Gefühlen, denen ich mich überlassen musste, sondern trat gleichsam aus mir heraus und ihnen entgegnen. Es war wie die Enthüllung einer ganz neuen Welt.

Ich hielt den Atem an, um den Augenblick zu verlängern.

Ich bemerkte, wie Teresa sich nach mir umsah. Wahrscheinlich glaubte sie, ich entfernte mich von ihnen, weil mir die Nähe zu viel geworden war. Aber genau das Gegenteil war der Fall. Ich lief schnell zu ihr, nahm sie in den Arm und küsste sie. Dann setzte ich mir das Kind auf die Schulter und hoppelte wie ein Pferdchen einen kurzen Anstieg hinauf. Oben angekommen, sahen wir den Eiffelturm, er war überraschend nah.

49| Als ich die Blutung in meinem Kopf zum ersten Mal realisierte, musste ich, das habe ich hier beschrieben, unwillkürlich an die Szene aus *Krieg und Frieden* denken, in der Fürst Andrej im Schlachtgetümmel von Austerlitz plötzlich die Beine einknicken und er, flach auf dem Boden ausgestreckt, in einen unermesslich hohen Himmel blickt. Während er mit dem Tod ringt, interessiert sich Andrej nur noch für diesen Himmel, den er bislang immer übersehen hat. Selbst als Napoleon nach gewonnener Schlacht zufällig vorbeireitet und ihn anspricht, findet er es zu mühsam, dem französischen Kaiser zu antworten. Sein größter Held erscheint ihm plötzlich klein und nichtig. Alles Napoleonische ist von ihm abgefallen. Seine Perspektive auf die Welt hat sich auf der Schwelle zum Tod radikal verschoben.

An dem Morgen im Tuileriengarten bemerkte ich deutlich wie nie, dass sich auch bei mir die Perspektive verschoben hatte. In den nächsten Wochen versuchte ich die Veränderung besser zu verstehen. Natürlich zeigte sie sich im Alltag, wenn überhaupt, nur dezent.

Ich glaubte zu spüren, ich sei aufmerksamer und nahbarer, interessierter und offener als früher. Doch als ich Teresa fragte, ob ich mich aus ihrer Sicht seit meinem Krankenhausaufenthalt verändert hätte, war sie sich nicht sicher. »Ein wenig vielleicht?«

Noch ist die Veränderung offenbar weitgehend innerlich. Ich erfahre sie als eine Art Temperaturumschwung. Der Strom des Lebens erscheint mir wärmer. Vielleicht weil der Panzer, unter dem ich so lange gelebt hatte, aufgebrochen worden ist und mich Menschen und Dingen unmittelbarer berühren?

50| Am 19. Dezember 2018 spürte ich eine diffuse Anspannung. Vor genau einem Jahr war die Ader in meinem Kopf aufgegangen. Gewöhnlich bin ich nicht abergläubisch. Doch von diesem Tag wollte ich nur, dass er schnell vorüberging.

Er verlief wie die meisten anderen Tage auch. Ungewöhnlich war nur, dass mein Sohn kurz vor Mitternacht einen Albtraum hatte, der ihn aufschreien und nach mir rufen ließ. Ich war zu erschöpft, um neben seinem Bett zu stehen und seine Hand zu halten, bis er sich wieder beruhigt hätte. Ich trug ihn deshalb hinüber in unser Schlafzimmer. Sobald sein Kopf das Kissen im großen Bett berührte, schlief er auch schon weiter. Ich aber lag wach.

Nach einer Weile hörte ich beunruhigende Geräusche im Hausflur. Unsere Wohnung liegt in einem Nebengebäude einer ehemaligen Wurstfabrik, in dem es außer unserer nur noch eine weitere Wohnung gibt. Diese ist durch einen separaten Eingang im Erdgeschoss direkt zu erreichen. Unser Hausflur ist praktisch privat. Von unserem Schlafzimmer geht eine Tür zu ihm ab, die wir nie benutzen. Davor hörte ich nun schwere, alarmierende Schritte. Schon im nächsten Moment machte sich jemand an unserem Türschloss zu schaffen. Ich stand leise auf und griff nach dem Baseballschläger im Schrank, den ich mir kurz nach der Geburt unseres Sohnes, zum Missfallen von Teresa, gekauft hatte, um meine Familie in einer Situation wie dieser verteidigen zu können. Ich war entschlossen, rücksichtlos auf alles einzuschlagen, was gleich durch diese Tür kommen würde.

Doch der Eindringling ließ auf sich warten. Die Tür war massiv. Ich vernahm nur gedämpft, was draußen vor sich ging, legte mein Ohr an das Holz, hörte aber bloß meinen eigenen Puls laut schlagen. Es dauerte, dann war ich mir sicher. Es waren die Stimmen des Ehepaars von gegenüber, das offenbar betrunken war und unseren mit ihrem Treppenaufgang verwechselt hatte.

Ich verstaute den Schläger im Schrank und legte mich zurück ins Bett. Von draußen war noch einige Augenblicke dumpfes Gelächter zu hören, das sich langsam entfernte.

Ich war aufgewühlt. Neben mir lagen meine Frau und mein Kind. Es gab keinen Ort, an dem wir uns geborgener fühlten als in unserem Schlafzimmer. Hierhin nahmen wir unseren Sohn mit, wenn ihn nachts Albträume weckten. Aber selbst an diesem Ort waren wir schrecklich angreifbar.

Vor einem Jahr, als ich dem Tod so nah kam, war er für mich in erster Linie eine Idee, die Möglichkeit zu einer existenziellen Erfahrung gewesen. Ich hatte ihn zu einem letzten großen geistigen Abenteuer verklärt.

Eine Illusion, wurde mir jetzt auf eine seltsam körperliche Weise klar – meine Muskeln verspannten, und das Blut in meinen Adern floss gegen einen Widerstand an. Aus dieser Illusion hatte mich der Auftritt der Nachbarn aufgeschreckt.

Tatsächlich war es zum Wahnsinnigwerden, wie verletzlich wir waren. Der Tod war ein ebenso erbarmungsloser wie unfehlbarer Killer, der immer bereit, nie weit entfernt war. Wir schützten uns mit Türen und Schlössern vor Einbrechern, fühlten uns sicher in unseren Schlafzimmern. Aber dabei stand ein Killer die ganze Zeit neben uns am Bett und schlüge zu, wann immer es ihm einfiele.

Ich betrachtete im fahlen Licht Teresa und mein Kind. Je länger ich schaute, desto klarer wurde mir: Es gab zwischen ihrem sicheren Tod und meiner absoluten Liebe für sie einen Zusammenhang. Ich schloss die Augen und hörte sie beide leise atmen. Ich wusste, irgendwann hörte das auf. Jetzt aber schlief ich dazu ein.

Zitierte Werke | René Char, *La Parole en archipel.* Paris 1962

Joan Didion, *Das Jahr magischen Denkens.* Aus dem Amerikanischen von Antje Rávic Strubel. Berlin 2006

Vladimir Nabokov, *Erinnerung, sprich.* Aus dem Englischen von Dieter E. Zimmer. Reinbek bei Hamburg 1984

Rainer Maria Rilke, *Herbsttag,* in: *Das Buch der Bilder.* Leipzig 1913